A QUESTION FOR

German GRAMMAR EVERYDAY

胡嘉荔．呂晶珠編著

Stefan Hauer講錄

萬里機構．萬里書店出版

365外語學習室

天天學德語文法

編著

胡嘉荔　呂晶珠

講錄者

Stefan Hauer

叢書主編

李克勇　姚繼中　馮亞琳

編輯

陳　輝

出版者

萬里機構・萬里書店

香港九龍土瓜灣馬坑涌道5B-5F地下1號

電話：2564 7511

網址：http://www.wanlibk.com

發行者

萬里機構營業部

香港九龍土瓜灣馬坑涌道5B-5F地下1號

電話：2562 3879　傳真：2590 9385

承印者

新豐柯式製本有限公司

出版日期

二〇〇一年六月第一次印刷

ISBN 962-14-1971-9

編寫體例

《天天學德語文法》適合德語初學者使用。它的內容涉及德語基礎文法和辭彙，採取由淺入深、由易到難的原則進行編排，讀者能通過每日一題的學習使自身的語言基礎知識得到鞏固和提高。

每日內容分為三個部分：第一部分首先以提問的方式提出所涉及的文法或辭彙現象；第二部分是問題解答並以簡短文法摘要提示每日習題的練習重點；第三部分是舉一反三的練習與答案，練習以填空為主，翻譯及其他練習為輔，為方便讀者學習，有關句子的讀音已收錄入CD碟中。

本書以傳統文法體系為骨架，從詞法開始，逐步過渡到各類從句。習題主要針對初學者易犯的錯誤進行選編，包括容易混淆的文法難點及同義詞區分等。

本書採用德國1998年開始使用的正字法。

在本書編寫過程中曾得到同事和朋友們，特別是Helmut Meier老師的幫助，在此表示感謝。

由於時間倉促，資料有限，書中錯誤在所難免，望同行和讀者們批評指正。

目　錄

冠詞

請解釋下面句子中名詞Mann的前面為什麼分別要用不定冠詞和定冠詞。

Dort steht ein Mann. Der Mann trägt einen Anzug.

那兒站着一個男人，這個男人穿着一件西裝。

問題解答

因為第一個Mann是第一次提到的、非確指的陽性單數名詞，所以用不定冠詞ein；而第二個Mann是第二次提到、確指的單數陽性名詞，所以用定冠詞der。

舉一反三

1. Hier steht ________ Frau. ________ Frau trägt einen Mantel.
   這兒站着個女人。這個女人穿着件大衣。
2. Ich habe ________ Uhr. ________ Uhr ist sehr schön.
   我有一隻錶。這隻錶很漂亮。
3. Das ist ________ Tisch.
   這是桌子。
4. Er hat ________ Kind. ________ Kind heisst Peter.
   他有一個孩子。這個孩子叫彼得。
5. Das ist ________ Studentin. ________ Studentin kommt aus Japan.
   這是一個女大學生。這個女大學生來自日本。

答案：1. eine, Die　2. eine, Die　3. ein　4. ein, Das　5. eine, Die

冠詞

請解釋名詞Januar前面為什麼要用定冠詞。

Der Januar ist der erste Monat im Jahr.

一月是一年的頭一個月。

問題解答

因為德語中表示年、月、日、季節、就餐時間的名稱及大多數節日前用定冠詞如：der Sommer、der Juni、das Frühstück、der Frauentag。但是也有些西方節日前不加定冠詞如：Ostern、Weihnachten等。

舉一反三

1. ________ Frühling kommt.
   春天到了。
2. ________ deutsche Nationalfeiertag ist der 3. Oktober.
   德國的國慶節是十月三號。
3. ________ September ist ein schöner Monat.
   九月是一個美麗的月份。
4. ________ Frühlingsfest richtet sich nach dem Mondkalender.
   春節的日期是根據農曆來定的。
5. ________ Mittagessen beginnt um 12 Uhr.
   十二點吃午飯。

答案：1. Der　2. Der　3. Der　4. Das　5. Das

請解釋名詞Sonne前面為什麼要用定冠詞die。

Die Sonne geht auf.

太陽升起來了。

問題解答

因為表示一種普遍的概念和世上獨一無二的事物前用定冠詞，如：das Leben、der Tod、die Welt、der Mond、der Glaube、der Süden等。

舉一反三

1. Er setzt ________ Leben aufs Spiel.
   他拿生命當賭注。
2. Bei einem Unfall hat er ________ Tod gefunden.
   他死於一次事故中。
3. Er stammt aus ________ Süden Deutschlands.
   他來自德國南部。
4. ________ Erde dreht sich um die Sonne.
   地球圍着太陽轉。
5. Wir kämpfen für ________ Freiheit unseres Landes.
   我們為國家的獨立自由而鬥爭。
6. ________ Glaube kann Berge versetzen.
   信念能移山。

答案：1. das　2.den　3. dem　4. Die　5. die　6. Der

請解釋下列句中的名詞Helga和Deutschland前面為什麼不用冠詞。

Helga kommt aus Deutschland.
赫爾迦來自德國。

問題解答

因為德語中人名、稱呼或姓前面不加冠詞，如：Hans、Li Ping、Krüger。在職業、國籍和大多數國名及城市名稱前面也不用冠詞如：Chinese、Lehrer、Berlin、Frankreich等。

舉一反三
(請翻譯)

1. 烏塔是德國人，她住在柏林。
2. 王蘭是大學生，她在北京學習德語。
3. 李先生是醫生，他在天津工作。
4. 托馬斯，你在幹什麼呢？
5. 施泰因太太是家庭主婦。

答案：1. Uta ist Deutsche. Sie wohnt in Berlin.
2. Wang Lan ist Studentin. Sie lernt in Beijing Deutsch.
3. Herr Li ist Arzt. Er arbeitet in Tianjin.
4. Thomas, was machst du denn?
5. Frau Stein ist Hausfrau.

冠詞

請解釋名詞Dialoge前面為什麼不用冠詞。

Jetzt üben wir Dialoge.

現在我們練習對話。

問題解答

因為單數時用不定冠詞的名詞，複數形式時(即泛指複數)不用冠詞。如：Das sind Tische.(這些是桌子)。

舉一反三

1. Deutsch und Französisch sind fremde ________.

   德語和法語是外語。

2. Im Regal liegen oben ________ und unten ________.

   書架的上邊放着本子，下邊放着書。

3. Im Unterricht lesen wir zuerst ________, dann machen wir ________.

   課堂上我們先讀課文，再做練習。

4. ________ unter 14 Jahren haben keinen Zutritt.

   十四歲以下的兒童不得入內。

5. Sind ________ immer intelligenter als ________?

   男人總比女人聰明嗎？

答案：1. Sprachen　2. Hefte, Bücher　3. Texte, Übungen　4. Kinder
5. Männer, Frauen

冠詞

請解釋名詞Durst和Tee前面為什麼不用冠詞。

Ich habe Durst. Ich möchte Tee trinken.

我渴了，我想喝茶。

問題解答

因為在物質名詞、不可數名詞及抽象名詞前不加冠詞，如：Milch、Tee、Wein、Bier、Papier、Geld、Durst、Hunger等。

舉一反三

1. 我很餓，但是我沒有錢。
2. 你喝茶還是喝咖啡？
3. 那些德國人喜歡喝啤酒。
4. 這些椅子是木製的。
5. 他喝牛奶從不加糖。
6. 他害怕嗎？

答案：1. Ich habe Hunger, aber ich habe kein Geld.
2. Trinkst du Tee oder Kaffee?
3. Die Deutschen trinken gern Bier.
4. Diese Stühle sind aus Holz.
5. Er trinkt Milch nie mit Zucker.
6. Hat er Angst?

請解釋名詞Fussball前面為什麼不加冠詞。

Er spielt gern Fussball.

他愛踢足球。

問題解答

因為在大多數與謂語動詞構成整體概念及固定短語中的名詞前不加冠詞，如：Tischtennis spielen、Karten spielen、Musik hören、zu Hause、 Platz nehmen等。

舉一反三

1. Morgens treibt sie gern ________.
   她喜歡早上鍛煉身體。
2. Nehmen Sie bitte ________.
   您請坐！
3. ________ ist ________.
   時間就是金錢。
4. Gehen wir zu ________ zum Unterricht?
   我們步行去上課嗎？
5. Karl kann gut ________ spielen.
   卡爾彈鋼琴彈得很好。
6. Machen wir ________!
   我們休息吧！

答案：1. Sport 2. Platz 3. Zeit, Geld 4. Fuss 5. Klavier 6. Pause

請說明名詞Schweiz前面用冠詞的原因。

Frau Müller kommt aus der Schweiz.

米勒太太來自瑞士。

問題解答

因為Schweiz是陰性國名。德語中大多數國名、地名前不用冠詞，但如遇下列情況，則需加定冠詞：1. 陽性、陰性及複數的地理名詞，如：der Sudan、die Türkei、die USA等；2. 國名、地名前有限定語，如：das schöne Frankreich；3. 山脈、江河、湖泊前，如：die Alpen、der Rhein、die Donau、der Jangtse等。

舉一反三

1. Im Sommer fahren wir in ________ Schweiz.
   夏天我們乘車去瑞士。
2. ________ Deutschland liegt in Mitteleuropa.
   德國位於中歐。
3. ________ heutige China hat die deutschen Touristen sehr beeindruckt.
   今天的中國給德國遊客留下了深刻的印象。
4. Im Urlaub fahren wir ________ Jangtse hinunter nach Shanghai.
   假期裏我們將沿長江順流而下到上海。

答案：1. die 2. Die 3. Das 4. den

請說明下列句中為何用kein來否定Arbeitsheft。

Ich brauche ein Arbeitsheft.

Was? Du hast noch kein Arbeitsheft?

我需要一本練習冊。

什麼？你還沒有練習冊？

問題解答

因為kein用來否定帶不定冠詞或不帶冠詞的名詞。

舉一反三

1. Ist heute hachmittag eine Sitzung?

   Nein, heute nachmittag ist ________ Sitzung.

   今天下午開會嗎？

   不，今天下午不開會。

2. Wir haben ________ Sondermarken zu 50 Pfennig.

   我們沒有50芬尼的紀念郵票。

3. Hast du Hunger?

   Nein, ich habe ________ Hunger.

   你餓了嗎？

   不，我不餓。

4. Ich kann nicht mitkommen. Ich habe ________ Zeit.

   我不能一起去，我沒有時間。

5. Ich habe ________ Geld mehr.

   我沒有錢了。

答案：1. keine 2. keine 3. keinen 4. keine 5. kein

請說出下列句中用專色的單詞是名詞Vase的什麼形式。

Habt ihr drei Vasen?

你們有三個花瓶？

問題解答

用專色的單詞Vasen是名詞Vase的複數形式。德語的名詞除了有陽性、陰性及中性之分(分別用定冠詞der、die、das來表示)，還有單複數之分，複數的定冠詞是die。

舉一反三

1. Haben Sie noch ________?

   您(們)還有問題嗎？

2. Die ________ lesen laut die ________.

   女大學生們大聲讀課文。

3. In Beijing gibt es viele ________.

   北京有許多公園。

4 Machen Sie ________ zu zweit!

   你們兩人一組做練習！

5. Wieviel ________ haben wir?

   我們有多少張椅子？

答案：1. Fragen 2. Studentinnen, Texte 3. Parks 4. Übungen 5. Stühle

名詞

請解釋下列兩句中同一個名詞Band為何意義不同。

Sie trägt im Haar ein Band.

她頭髮上繫着一根髮帶。

Über diese Geschichte hat man einen Band geschrieben.

關於這個故事已寫過一本書了。

問題解答

兩句中的名詞Band是寫法相同，但名詞的性不同，詞義不同，其複數形式也不同。德語中有些名詞具有不同的文法性，如：Bauer、Erbe、Bank、Kaffee等。

舉一反三

1. Auf ________ See kann man rudern.

   這湖上可以划船。

   Sie wollen in den Ferien an ________ See reisen.

   假期裏他們要去海濱旅行。

2. ________ Leiter der Delegation ist freundlich zu den Journalisten.

   代表團的領導對記者們很友好。

   Lehne ________ Leiter an die Wand!

   把梯子靠牆上！

答案：1. dem, die　2. Der, die

請解釋下列句中用專色的名詞Ferien為什麼用複數形式。

Die Ferien dauern einen Monat.

假期放一個月。

問題解答

因為Ferien是只用複數形式的名詞。在德語中，有一部分名詞只用複數形式，包括某些地理名詞如：die Alpen等；一些表示人和物的集合名詞如：die Eltern、die Kosten等；還有一些表示節日的名詞如：Ostern、Pfingsten等。

舉一反三

1. Meine ________ wohnen und arbeiten in Berlin.
   我的父母在柏林生活和工作。
2. Meine ________ haben alle Kinder.
   我的兄弟姐妹都有孩子了。
3. Er fährt nächste Woche in die ________.
   他下周去美國。
4. Sie will nicht in den Mund der ________ kommen.
   她不願人家議論她。

答案：1. Eltern　2. Geschwister　3. die USA　4. Leute

請解釋下列句中名詞Glas為什麼不用複數。

Franz hat 3 Glas Bier getrunken.

弗朗茨喝了三杯啤酒。

問題解答

因為Glas在此句中作量詞。在德語中，有些名詞也可以做量詞。表示計量和貨幣單位的陽性或中性名詞，即使在與大於1的數詞連用時也用單數形式。如果該名詞是陰性（以e結尾），它在與大於1的數詞連用時用其複數形式；如果這些名詞是表示具體可數的實物，那麼它們在與大於1的數詞連用時要用複數。

舉一反三

1. Helga hat mir zwei ________Tee gebracht.
   赫爾珈給我送來了兩壺茶。
2. Zum Frühstück hat sie drei ________ Brot gegessen.
   早餐她吃了三塊麵包。
3. Die ________ fallen.
   樹葉落下。
4. Er wiegt 140 ________.
   他重140 磅。

答案：1. Kannen　2. Stück　3. Blätter　4. Pfund

名詞

請問下列句中名詞Schülerin是什麼性的第幾格。

Die Schülerin heisst Karin.

這個女學生叫卡琳。

問題解答

Schülerin為陰性名詞單數第一格。德語名詞第一格主要用作主語、表語和呼語。對第一格的人和物提問分別用wer和was。

舉一反三

1. ________ Mann ist Arzt von Beruf.

   這個男人是醫生。

2. ________ Tische sind neu.

   這些桌子是新的。

3. ________ ist das?

   這是誰？

   Das ist ________ Mutter von Uta.

   這是烏塔的母親。

4. ________ gibt es im Zimmer?

   屋裏有什麼？

   Im Zimmer gibt es ________ Bett.

   屋裏有張床。

答案：1. Der 2. Die 3. Wer, die 4. Was, ein

請問下列句中的名詞Lehrer是什麼性的第幾格。

Die Schüler besuchen den Lehrer.

這些小學生拜訪老師。

問題解答

Lehrer在這裏是陽性名詞單數第四格，作賓語。對名詞第四格人和物提問分別用wen和was。

舉一反三

1. Das Mädchen fand sofort ________ Weg zur Schule.
   這個女孩很快找到了去學校的路。
2. ________ übersetzen die Studenten?
   這些學生在翻譯什麼？
   Sie übersetzen ________ Text.
   他們在翻譯一篇課文。
3. ________ sollen wir fragen?
   我們應該問誰？
   ________ Lehrerin hier sollt ihr fragen.
   你們應該問這位女老師。
4. Die Touristen besichtigen ________ Museum.
   遊客們在參觀博物館。
5. Hast du ________ Kindergarten gesehen?
   你看見那個幼稚園了嗎？

答案：1. den　2. Was, einen　3. Wen, Die　4. das　5. den

請問下列句中的名詞Freundin是第幾格。

Er schenkt seiner Freundin einen Blumenstrauss.

他送他女朋友一束鮮花。

問題解答

Freundin在此是第三格，作動詞schenken的間接賓語。名詞第三格常與帶兩個賓語的及物動詞連用，名詞第三格常表示人，第四格則為物。針對第三格的人提問用wem。名詞複數第三格要加詞尾-n。

舉一反三

1. Ich gebe d________ Kind ein Buch.
   我給那孩子一本書。
2. W________ erklärt der Lehrer den Text?
   老師在給誰講解課文？
   Der Lehrer erklärt d________ Schüler________ denText.
   老師在給學生們講解課文。
3. Herr Kant zeigt sein________ Freundin die Fotos aus China.
   康特先生給他的女朋友看中國的照片。
4. Die Grossmutter erzählt d________ Enkelkind ein Märchen.
   祖母給孫子講一個童話。

答案：1. em　2. em, en, n　3. er　4. em

請問下列句中的名詞 Frau是第幾格。

Das Bild gefällt der Frau sehr.

這個女人很喜歡這幅畫。

問題解答

名詞Frau在此是第三格，作間接賓語，受不及物動詞gefallen的支配。此類動詞還有：helfen、schmecken、gehören、schaden、fehlen等。

舉一反三

1. Das Mädchen hilft d________ Grossvater.
   這女孩幫助祖父。
2. Die Sichuan-Küche schmeckt d________ Gäste ________ sehr.
   客人們覺得川菜好吃。
3. Was fehlt d________ Kind?
   這小孩怎麼了？
4. Das Rauchen schadet d________ Gesundheit.
   吸煙有害健康。
5. Der Film gefällt d________ Student ________.
   大學生們喜歡這部電影。
6. W________ gehört die Tasche?
   這手袋是誰的？

答案：1. em 2. en, n 3. em 4. er 5. en, en 6. em

請問下列句中用專色的部分針對第幾格提問。

Wessen Haus ist das?

這是誰的房子？

Das Haus seines Grossvaters.

他祖父的房子。

問題解答

用專色的部分wessen針對名詞第二格提問，意思是"誰的"。名詞第二格用來表示事物的所屬關係，作定語時放被修飾名詞之後；第二格也可作表語和狀語。大多數陽性和中性名詞在單數第二格加詞尾-es或-s，但以-s、-ss、-x、-z、-tz等字母結尾的名詞加-es，單音節一般也加-es。

舉一反三

1. Sagen Sie mir bitte den Namen d________ Film________.
   請您告訴我這部電影的名字。
2. Die Post ist in der Nähe d________ Kaufhaus________.
   這家郵局在商店附近。
3. Wir sprechen mit den Studenten d________ Deutschabteilung.
   我們正和德語系的學生談話。
4. Sie ist heute gut________ Laune.
   她今天情緒很好。

答案：1. es, s 2. es, es 3. er 4. er

請說出下列句中用專色的部分是哪類名詞的第幾格。

Frankfurt ist der Geburtsort Goethes.

法蘭克福是歌德的出生地。

問題解答

用專色的部分是專有名詞(人名)Goethe的第二格，作定語。人名第二格由人名加-s構成，前置時被修飾詞不帶冠詞；以-s、-ss、-x、-z、-tz 等結尾的人名如放被修飾詞之前用“ ’ ”表示。若將人名放在被修飾詞之後，可用介詞von連接；表示親屬關係的名詞作稱呼用時加-s；若人名由兩個以上的片語成，則在最後一個詞上加-s。

舉一反三
(請翻譯)

1. 他常讀海涅的詩。
2. 弗朗茨的父親在一家大醫院工作。
3. 我把母親的大衣送洗衣店了。
4. 這是馬克斯的書。
5. 庫爾太太的丈夫經常在國外。

答案：1. Er liest oft Heines Gedichte.
2. Franz' Vater arbeitet in einem grossen Krankenhaus.
3. Ich habe Mutters Mantel zur Reinigung gebracht.
4. Das sind die Bücher von Marx.
5. Frau Kühls Mann ist oft im Ausland.

請問下列句中用專色的部分是哪一類名詞的第幾格。

Berlin ist die Hauptstadt Deutschlands.

柏林是德國的首都。

問題解答

用專色的部分是專有名詞(國名)Deutschland的第二格，在句中作定語。地理名詞第二格如放被修飾詞之前，被修飾名詞就不加冠詞如：Beijings Geschichte，Paris' Museum；地理名詞第二格也可用介詞von代替，如：das Museum von Paris。

舉一反三

1. Thüringen wird „Deutschland________ grünes Herz“ genannt.
   圖林根被人們稱作“德國的綠色心臟”。
2. Die Wirtschaft China________ nimmt einen Aufschwung.
   中國的經濟蓬勃發展。
3. Der Hafen ________ Hamburg ist der wichtigste Seehafen Deutschland________.
   漢堡港是德國最重要的海港。

答案：1. s　2. s　3. von, s

名詞

請解釋下列句中名詞Sommer為什麼用第四格。

Den ganzen Sommer war sie in Paris.

整個夏天她都在巴黎。

問題解答

因為名詞Sommer在此處為第四格作狀語。名詞第四格除了作賓語外，還可以作狀語如：den ganzen Tag、eine Woche、den Berg hinauf steigen。名詞的第二格也可作狀語如：eines Tages、schweren Herzens。

舉一反三

1. Bitte, warten Sie ________ ________!
   請稍等片刻！
2. Er geht ________ ________ hinauf.
   他上樓去。
3. ________ ________ fahre ich mit dem Bus zur Arbeit.
   每天早上我都坐車去上班。
4. Xiao Li ist sehr müde. Er schläft ________ ________ ________.
   小李很累，他整個下午都在睡覺。
5. ________ ________ besuchte sie uns plötzlich.
   一天晚上她突然來看我們。

答案：1. einen Augenblick/ einen Moment　2. die Treppe　3. Jeden Morgen　4. den ganzen Nachmittag　5. Eines Abends

名詞

請指出下列句中用專色的單詞Anfang是第幾格，作什麼成份。

Anfang Mai macht er eine Reise nach Hangzhou.

五月初他到杭州旅行。

問題解答

名詞Anfang是第四格，作時間狀語。名詞Anfang、Mitte、Ende用於表示年、月、周等。如果涉及具體的年、月，它們後面的年、月就用第四格(作同位語)如：Ende Juni；如果未指明具體時間就用第二格如：Mitte der Woche。

舉一反三
(請翻譯)

1. 明年年底她結束學業。
2. 這學期一開始他就制定了學習計劃。
3. 五月中旬我們舉辦德語晚會。
4. 周末他們去郊外。
5. 十月中旬他們舉行婚禮。

答案：1. Ende des nächsten Jahres beendet sie ihr Studium.
2. Anfang dieses Semesters macht er einen Studienplan.
3. Mitte Mai veranstalten wir einen Deutschabend.
4. Ende der Woche fahren sie ins Grüne.
5. Mitte Oktober feiern sie ihre Hochzeit.

請問下列句中用專色的名詞是第幾格，為什麼帶有詞尾-n。

Ich habe dem Jungen beim Englischlernen geholfen.

我幫助這個男孩學英語。

問題解答

用專色的部分為陽性弱變化名詞der Junge的第三格。陽性弱變化名詞的變格和其他陽性名詞有所不同：單數時第二、三、四格加-en或-n，複數一至四格均加-en或-n。這類名詞如：der Kunde、der Herr、der Mensch、der Student等。有少數陽性弱變化名詞第二格詞尾為-ns如：der Name、der Gedanke.

舉一反三

1. Kann ich Herr________ Meier sprechen?
   我能和邁爾先生講話嗎？
2. Können Sie bitte hier ________ Name________ des Chinese________ aufschreiben?
   您能在這兒寫下這個中國人的名字嗎？
3. Peter ist der Sohn mein________ Kollege________.
   彼得是我同事的兒子。
4. Der Arzt spricht jetzt mit ________ Patient________.
   醫生正在和病人談話。

答案：1. n　2. den, n, n　3. es, n　4. dem, en

請解釋下列句中地名Sichuan加詞尾-er的原因。

Die Sichuaner Gerichte schmecken sehr gut.

川菜很好吃。

問題解答

因為地名Sichuan屬於專有名詞，它放在名詞前可作形容詞用，起修飾名詞的作用。這類由專有地名加-er派生的形容詞要大寫，詞尾即使在名詞變格時也不發生變化。如果此類派生形容詞單獨使用，則表示人。

舉一反三

1. Ich bin Beijing________.
   我是北京人。
2. Die Schweiz________ Uhren sind weltberühmt.
   瑞士鐘錶世界聞名。
3. Er ist Chongqing________.
   他是重慶人。
4. Ich habe das ________ (München) Bier probiert.
   我品嚐了慕尼黑的啤酒。
5. Von wann bis wann ist die Leipzig________ Messe?
   萊比錫博覽會是從什麼時候到什麼時候？

答案：1. er/ erin　2. er　3. er　4. Münchner　5. er

請問下列句中用專色的名詞是由什麼詞而來的。

Lesen und Schreiben sind meine Hobbys.

閱讀和寫作是我的愛好。

問題解答

用專色的名詞分別是由動詞lesen和schreiben變來的。動詞變名詞有幾種方式：動詞不定式直接變名詞，名詞為中性，如：das Hören、das Sprechen ；動詞詞幹加詞尾-ung，名詞為陰性，如：die Übersetzung、die Übung；動詞的現在時或過去時詞幹變成名詞(有的母音要變音)，名詞可為三種性如：der Sprung、die Feier、das Lob等。

舉一反三

1. Das ________(aufräumen) nach dem ________ (umziehen) hat lange gedauert.
   搬家之後整理屋子要花很長時間。
2. In China ist man gegen zu frühe ________(heiraten).
   在中國人們反對早婚。
3. Sie hat die ________(prüfen) schon bestanden.
   她已通過考試了。
4. Darf ich Ihnen meine ________(helfen) anbieten?
   我能幫您忙嗎？

答案：1. Aufräumen, Umzug 2. Heirat 3. Prüfung 4. Hilfe

請指出下列句中用專色的名詞是怎麼構成的。

Er nimmt als Vertreter des Direktors an der Sitzung teil.

他作為經理的代表參加會議。

問題解答

用專色的名詞是由動詞vertreten的詞幹加詞尾-er構成的（相應的陰性名詞詞尾為-erin）。動詞變名詞有些固定詞尾，以-(at)ion為詞尾的名詞為陰性，如：die Organisation；詞尾為-e的名詞幾乎全是陰性，如：die Frage、die Liebe；詞尾為-nis的名詞為中性或陰性，如：das Erlebnis、die Kenntnis等。

舉一反三

1. Von der langen ________(fahren) war die ________ (fahren) sehr müde.
   女司機經過長時間駕駛很疲倦。
2. Das ________ (lernen) von einer ________ (sprechen) kann Spass machen.
   學一門語言能帶來樂趣。
3. Die Pyramiden sind ein ________ (zeugen) der altägyptischen Baukunst.
   金字塔是古埃及建築藝術的見證。

答案：1. Fahrt, Fahrerin 2. Lernen, Sprache 3. Zeugnis

請回答下列句中用專色的名詞帶有什麼詞尾。

Wieviel kostet das Kätzchen?

這小貓多少錢?

問題解答

用專色的名詞Kätzchen帶有縮小性詞尾-chen。表示人和物的名詞可加尾碼-chen和-lein構成縮小詞。有些縮小詞要變音如：Männlein；有些變音同時去掉詞尾如：Fläschchen。縮小詞均為中性，且單複數形式相同。其中-chen比-lein用得多，但詞尾以字母-g或-ch結尾的名詞大多加-lein構成縮小詞如：das Büchlein。

舉一反三

1. Ich wünschte sehr, im Wald ein ________ (Haus) zu haben.
   我夢想在森林裏有間小屋。
2. Sieh mal das ________ (Auge) und das ________ (Nase)! Wie hübsch ist unser ________ (Kind)!
   看那小眼睛和小鼻子，我們的孩子多漂亮啊！
3. Hast du mein ________(Schiff) nicht gesehen?
   你沒見過我的小船？
4. Warte nur ein ________(Weile)!
   等一會兒！

答案：1. Häuschen　2. Äuglein, Näschen/ lein, Kindchen/ lein　3. Schiffchen　4. Weilchen

請指出下列句中用專色的兩個單詞之間的關係。

Das Foto ist eine schöne Erinnerung an unsere Schulzeit.

這照片是對我們中學時代的一個美好回憶。

問題解答

介詞an受名詞Erinnerung的支配。德語中介詞除了具有限定，指示作用外，還可純粹起句法作用，這時它本身的意義淡化了，受有關的名詞，動詞或形容詞支配。名詞和介詞的支配關係來源於動詞的結構，介詞an可支配第三或第四格。

舉一反三

1. Die Kritik an dies________ Studentin war etwas scharf.
   對這個女大學生的批評有點尖銳。
2. Es besteht ein dringender Bedarf an Bücher________.
   迫切需要書籍。
3. Sie hat den Glauben an ________ verloren.
   她不再信任他。
4. Er stellt hohe Ansprüche an dies________ Schüler.
   他對這個學生要求很高。

答案：1. er　2. n　3. ihn　4. en

請指出下列句中兩個用專色的單詞之間的關係。

Sie hat einen tiefen Eindruck auf den Professor gemacht.

她給教授留下了深刻的印象。

問題解答

名詞Eindruck 支配介詞auf，介詞auf支配第四格。德語中有不少介詞受名詞支配，如：aus、über、in、auf、gegen等。

舉一反三

1. Wir können ________ dem Experiment eine richtige Folgerung ziehen.

   我們可從實驗中得出正確的結論。

2. Er hat kein Verständnis ________ Musik.

   他對音樂一竅不通。

3. Viele Leute erheben einen Protest ________ die Aufrüstung.

   很多人對擴充軍備提出抗議。

4. Frau Schmidt gab uns einen Einblick ________ ihre Forschungen.

   施密特夫人讓我們瞭解她的研究專案。

5. Er hat schon einen überblick ________ die deutsche Literatur gewonnen.

   他已瞭解德國文學的概貌。

答案：1. aus 2. für 3. gegen 4. in 5. über

請指出下列句中兩個用專色的單詞的關係。

Der Kranke hat ein Bedürfnis nach frischer Luft.

病人需要新鮮空氣。

問題解答

名詞Bedürfnis支配介詞nach，nach支配第三格。受名詞支配的介詞還有mit、über、von、um、zu等。

舉一反三

1. Sie hält den Vergleich ________ jedem anderen aus.
   她可與任何人相比。
2. Der Bericht ________ den Unfall stand in der Zeitung.
   關於這事故的報道刊登在報紙上。
3. Sie hat auf seine Bitte ________ Hilfe noch nicht reagiert.
   她對他需要幫助的請求還沒反應。
4. Er nimmt den Abschied ________ seinen Eltern.
   他和父母告別。
5. Das Kind hat aus Furcht ________ Strafe gelogen.
   孩子由於害怕受懲罰而撒謊。
6. Im Gegensatz ________ ihm reist sie sehr gern.
   和他相反，她很喜歡旅遊。

答案：1. mit　2. über　3. um　4. von　5. vor　6. zu

請指出下列句中用專色的兩個介詞和名詞Forderung之間的關係。

Die Studenten haben an die Regierung die Forderung nach Verbesserung der Studien bedingungen gestellt.

學生們要求政府改善學習條件。

問題解答

介詞an和nach都是受名詞Forderung的支配，an指人，nach指內容。德語中有些名詞可支配多個介詞如：Erhöhung、Abnahme、Steigerung；有些名詞支配不同的介詞時意義發生變化，如：Sorge。

舉一反三

1. Sie forderten den Anstieg des Stundenlohns ________ 3%, ________ 12,50 DM.
   他們要求每小時工資增長3%，即增加到12.5馬克。
2. Mache dir ________ das Kind keine Sorgen! Trage Sorge ________ deine Mutter!
   不要擔心孩子！去照顧你母親吧！
3. Die Senkung der Benzinpreise ________ 5% wäre wünschenswert.
   汽油價降低5%是有希望的。

答案：1. um, auf　2. um, für　3. um

A2

名詞

請說明下列句中用專色的名詞是怎麼構成的。

Möchten Sie ein Glas Apfelsaft?

您要一杯蘋果汁嗎？

問題解答

用專色的部分是由名詞Apfel和Saft構成的複合名詞；複合名詞一般由限定詞(單、複數名詞、動詞詞根或形容詞)+基本詞構成。它的重音總在限定詞上，性、數以基本詞的為準。

舉一反三

1. Möchten Sie ________ oder Bier?
   您來點紅葡萄酒或是啤酒？
2. Ich nehme eine________.
   我來一份雞湯。
3. An diesem ________ arbeitet mein Vater.
   我父親在這書桌旁工作。
4. Wir machen gewöhnlich eine Stunde ________.
   我們習慣午睡一小時。
5. Haben Sie ________?
   您有零錢嗎？

答案：1. Rotwein 2. Hühnerbrühe 3. Schreibtisch 4. Mittagspause 5. Kleingeld

請指出下列句中用專色的兩個名詞有何異同。

Der Garten ist Treffpunkt der Ausländer.

這花園是外國人聚會的地方。

In dieser Stadt leben viele Fremde.

這城市裏生活着很多外地人（外國人）。

問題解答

兩者都可以表示外國人。但Fremde（按形容詞變）還指外地人，跟本地人相對，此外還有一個意思是"陌生人"。

舉一反三

1. Man hört ihm am Akzent an, dass er ein ________ ist.
   從口音上聽出他是外地人。
2. Sie ist gegenüber ________ sehr zurückhaltend.
   她在陌生人面前不大説話。
3. Der ________ kennt die chinesiche Literatur gut.
   這個外國人對中國文學很在行。
4. Jährlich besuchen viele ________ die Leipziger Messe.
   每年很多外地人（外國人）參觀萊比錫博覽會。

答案：1. Fremder　2. Fremden　3. Ausländer　4. Fremde/ Ausländer

請比較下列句中用專色的兩個名詞。

Der Kühlschrank ist ein nützliches Ding.

冰箱是一種有用的東西。

Hast du meine Sachen auch in den Koffer gepackt?

你把我的東西也裝箱子裏了嗎？

問題解答

Ding泛指各種具體或抽象的事物，複數形式一般用Dinge；口語中可用複數形式Dinger表示不值錢的東西。Sache表示物品、東西時只用複數，泛指日常生活用品，常指衣服、食品等。

舉一反三

1. Was soll ich mit diesen ________ machen?
   我拿這些破東西怎麼辦？
2. Aller guten ________ sind drei.
   好事成三。
3. Räum doch mal seine ________ auf !
   把他的東西收拾一下！
4. Von musikalischen ________ versteht sie viel.
   音樂方面的事她懂得不少。
5. Das Kind kann scharfe ________ nicht propieren.
   這小孩不能吃辣的東西。

答案：1. Dingern　2. Dinge　3. Sachen　4. Dingen　5. Sachen

名詞

請比較下列兩句中用專色的名詞的異同。

Wann beginnen die Winterferien?

寒假什麼時候開始？

Wir haben den Urlaub an der See verlebt.

我們在海濱度過了假期。

問題解答

兩個名詞在指職工獲得規定的休假時用法相近。但Ferien是複數名詞，它還指定期的、規定的、特別是學校的假期；Urlaub可指經過申請獲得的事、病假。

舉一反三

1. Wegen der Krankheit hat er um drei Tage ________ gebeten.
   因為生病他請了三天假。
2. Wie lange dauern die ________?
   暑假有多長？
3. Er hat seine ________ im Gebirge verbracht.
   他在山上度的假。
4. Im August geht sie in ________.
   八月她休假。

答案：1. Urlaub　2. Sommerferien　3. Ferien　4. Urlaub/ die Ferien

名詞

請區別下列句中用專色的兩個名詞。

Ich habe noch eine Frage zum Arbeitsvertrag.

對這個合同我還有一個問題。

Der Verkehr ist ein grosses Problem.

交通是個大問題。

問題解答

Frage指口頭或書面提出的需對方回答的疑難問題，它可用於短語中；Problem指複雜的、一時難以解決的重大問題。

舉一反三

1. Das kommt nicht in ________.
   這不行。
2. Die Umweltverschmutzung ist ein zu lösendes ________ unserer Zeit.
   環境污染是當代一個亟待解決的問題。
3. Das ist nur eine ________ des Geldes.
   這只是一個錢的問題。
4. Wir haben noch viele ________ zu lösen.
   我們還有許多問題需要解決。
5. Er hat auf meine ________ nicht geantwortet.
   他沒回答我的問題。

答案：1. Frage 2. Problem 3. Frage 4. Probleme 5. Frage

請比較下列句中用專色的兩個名詞。

Was war die Ursache des Verkehrsunfalls?

造成這起交通事故的原因是什麼？

Aus welchem Grund hast du dem Kind geholfen?

你是出於什麼原因幫助這小孩的？

問題解答

兩者雖然都是表示原因，但Ursache是指造成某事的發生或某種結果的起因，側重根源所在；Grund是解釋做某事的依據或理由，側重道理所在。

舉一反三

1. Seine ________ können mich nicht überzeugen.
   他的理由不能使我信服。
2. Aus politischen ________ hat er sein Vaterland verlassen.
   由於政治原因他離開了祖國。
3. Man kennt die ________ dieser Krankheit noch nicht.
   人們還不清楚引起這種病的原因。
4. Gleiche ________, gleiche Wirkungen.
   有因必有果。

答案：1. Gründe　2. Gründen　3. Ursache　4. Ursachen

請指出下列句中用專色的三個名詞有何不同。

Beamten haben ein festes Gehalt.

公務員有固定工資。

Der Lohn der Arbeiter wurde schon erhöht.

工人的工資已經提高了。

Der Tänzer verlangte eine höhere Gage.

這舞蹈演員要求提高酬金。

問題解答

Gehalt是指每月發給政府、公職人員的薪水；Lohn指支付給工人的工資；Gage是指付給藝術家的報酬。德語中還有兩個表示薪水的名詞：Honorar(給自由職業者的報酬)，Sold(指軍餉)。

舉一反三

1. Das ________ eines Arztes für seinen Hausbesuch beträgt in der Regel 30 DM.
   醫生的出診費一般是30馬克。
2. Sie erhielt für ihren Auftritt eine hohe ________.
   她得到一筆很高的出場費。
3. Die ________ der Beamten können Ende dieses Jahres erhöht werden.
   公務員的工資今年底有望得到提高。

答案：1. Honorar　2. Gage　3. Gehälter

請問下列句中用專色的三個名詞有何不同。

Alle Menschen müssen sterben.

所有的人都是要死的。

Diese Grossfamilie besteht aus 10 Personen.

這個大家庭有10個人 。

Ich möchte England und seine Leute kennenlernen.

我想瞭解英國的風土人情。

問題解答 Mensch是區別於動物的人類，側重於人的共性；Person指具體的某個人，強調人的個性；Leute是只用複數的名詞，指普通大眾，老百姓等。

舉一反三

1. ________ kann die Natur verändern.
   人能改變自然。
2. Was haben ________ dazu gesagt?
   人們對此說了什麼？
3. Der Wagen fasst 30 ________.
   這車可載30個人。
4. Auf der Erde leben mehrere Milliarden ________.
   地球上生活着幾十億人。

答案：1. Der Mensch　2. die Leute　3. Personen　Menschen

請指出下列句中三個用專色的單詞的區別。

Er hat die Absicht, bei einer Zeitung zu arbeiten.

他有意在報社工作。

Das ist ein ausgezeichnetes Vorhaben.

這是個絕妙的計劃。

Es war unser Vorsatz, ihm zu helfen.

我們決心幫助他。

問題解答

Absicht表示某種目的和打算，也可表示不可告人的企圖；Vorhaben表示較大的計劃，如建設、投資，個人計劃等；Vorsatz指經過考慮後所下的決心，色彩比前兩者強烈。

舉一反三

1. Ich habe keine ________, euch zu kränken.
   我無意傷害你們。
2. Wir müssen dieses Forschungs________ ausführen.
   我們必須進行這個研究計劃。
3. Er hat den ________, nie mehr zu rauchen.
   他決心不再吸煙。
4. Mit ________ haben sie das getan.
   他們是故意這麼做的。

答案：1. Absicht　2. vorhaben　3. Vorsatz　4. Absicht

請問下列句中用專色的動詞是第幾人稱變位。

Er macht zu Hause seine Hausaufgaben.

他在家做作業。

問題解答

macht是動詞machen的第三人稱單數現在時變位。德語中，動詞充當謂語時，其形式要按照主語的人稱和數進行變化，這種變化稱為動詞變位。其中現在時中規則變化稱為弱變化，弱變化的動詞如：lernen、schreiben、studieren、kaufen、unterrichten等。

舉一反三

1. Lern________ ihr Deutsch?

   你們學德語嗎？

   Nein, wir lern________ Enlisch.

   不，我們學英語。

2. Er unterricht________ Literatur.

   他教文學。

3. Was schreib________ Sie bitte?

   您在寫什麼？

   Ich schreib________ einen Brief.

   我在寫信。

4. Wie heiss________ du?

   你叫什麼名字？

答案：1. t, en　2. et　3. en, e　4. t

請問下列句中用專色的部分是哪個動詞的第幾人稱變位形式。

Morgens liest Hans Wörter und Texte.

早上漢斯讀生詞和課文。

問題解答

liest是動詞lesen 的現在時第三人稱單數變位形式，它的現在時直陳式的二、三人稱單數變位不規則，即強變化，它的詞幹母音發生換音，即母音e換為i或ie，其他人稱的變位形式同弱變化動詞。現在時發生強變化（換音）的動詞如：nehmen、geben、sprechen、essen等。

舉一反三

1. ________(lesen) ihr im Unterricht viel?

   你們在課堂上讀得多嗎？

   Ja, wir ________ sehr viel.

   讀得很多。

2. Er ________(geben) dem Lehrer ein Wörterbuch.

   他給老師一本字典。

3. ________(sprechen) du Französisch?

   你說法語嗎？

   Nein, ich ________(spechen) Deutsch.

   不，我說德語。

答案：1. Lest, lesen 2. gibt 3. Sprichst, spreche

請問句中用專色的部分是哪個動詞的變位形式。

Fährst du mit dem Bus nach Hause?

你坐巴士回家嗎？

問題解答

fährst是動詞fahren的非尊稱第二人稱單數du的現在時變位形式。fahren 的二、三人稱單數變位不規則，即強變化，它的詞幹母音要發生變音。現在時強變化（變音）的動詞如：laufen、fahren、schlafen、tragen、waschen等。

舉一反三

1. ________(schlafen) ihr mittags immer?

   你們中午總要睡覺嗎？

   Ich ________ immer, aber er ________ nie.

   我總要睡，但他從來不睡。

2. Morgen Abend ________(laufen) ein Film.

   明天晚上要放一部電影。

3. Er ________(fahren) mit dem Schiff nach Wuhan.

   他坐船到武漢。

4. ________(laufen) du oft im Sportunterricht?

   在體育課上你常跑步嗎？

   Nein, ich ________ immer morgens.

   不，我總是在早上跑。

答案：1. Schlaft, schlafe, schläft　2. läuft　3. fährt　4. Läufst, laufe

請問句中用專色的部分是哪個動詞的變位形式。

Bist du Lehrerin?

你是老師嗎？

Nein, ich habe noch keine Arbeit.

不是，我還沒有工作。

問題解答

用專色的部分bist和habe分別是動詞sein和haben的非尊稱第二人稱單數du和第一人稱單數ich的變位。它們的變位不規則。

舉一反三

1. Er ________ nur eine Schwester. Das ________ seine Eltern.

   他只有一個姐妹，那是他的父母。

2. ________ ihr heute keinen Unterricht?

   你們今天沒有課嗎？

   Doch, wir ________ zwei Stunden.

   有，有兩節。

3. Oh, dein Familienfoto, wer ________ das?

   哦，你家的照片，這是誰？

   Das ________ ich.

   這是我。

答案：1. hat, sind　2. Habt, haben　3. ist, bin

請問句中用專色的動詞是針對第幾人稱的命令式。

Übersetze bitte zuerst die Sätze!

請先翻譯這幾個句子！

問題解答

übersetze是動詞übersetzen針對du的命令式。命令式主要針對第二人稱du、ihr、Sie而言。某些情況下也可針對wir。針對du的動詞命令式由詞幹加詞尾-e構成；針對ihr及Sie的命令式與其現在時變位形式相同。此規則適用於所有現在時發生弱變化的動詞如：steigen、schliessen、schreiben、kommen等以及變音的強變化動詞如：fahren、schlafen等。

舉一反三

1. Thomas, Hans, ________(kommen) doch schnell herauf!
   托馬斯，漢斯，快上來吧！
2. ________(zeigen) Sie mir bitte die Bilder da!
   請您給我看一下那幾張畫！
3. ________(fragen) mal deinen Lehrer!
   問問你的老師吧！
4. ________(singen) wir zusamman ein Lied!
   我們一起唱首歌吧！

答案：1. kommt 2. Zeigen 3. Frag(e) 4. Singen

請問句中用專色的動詞是針對第幾人稱的命令式。

Sprich lauter, ich verstehe kein Wort!

說慢一點，我什麼也聽不清！

問題解答

sprich是現在時換音的強變化動詞sprechen針對第二人稱單數du的命令式。這類動詞針對du的命令式不規則：由du的現在時變位去掉詞尾-st構成；針對其他人稱的命令式同現在時弱變化的動詞。

舉一反三

1. ________(sprechen) wir Deutsch!

   我們說德語吧！

2. ________(sehen) mal! Viktor spielt auf dem Sportplatz Fussball.

   看！維克多在操場上踢足球。

3. Kinder, ________(nehmen) die Regenschirme mit! Es regnet.

   孩子們，帶上傘！下雨了。

4. ________(nehmen) doch dein Buch und ________den Text 1.

   拿起你的書，讀課文一。

答案：1. Sprechen　2. Sieh　3. nehmt　4. Nimm, lies

請問下列句中用專色的部分是哪個動詞針對第幾人稱的命令式。

Sei bitte nicht so laut! Mutter schläft.

不要太大聲了！媽媽在睡覺。

問題解答

句中用專色的部分sei是動詞sein針對第二人稱du的命令式。動詞sein針對ihr和Sie的命令式分別是seid和seien。

舉一反三

1. ________ Sie so freundlich und helfen Sie mir!
   勞駕您，幫助我一下！
2. Kinder, ________ vorsichtig, wenn ihr durch die Strasse geht.
   孩子們，過街的時候小心點！
3. ________ bitte langsam! Ich kann dir gar nicht folgen.
   你說慢一點！我根本聽不懂你說什麼。
4. ________ schneller, Julia. Der Unterricht beginnt in 5 Minuten!
   尤莉婭，快一點，還有五分鐘就要上課了！
5. ________ ruhig, Hans! Ich arbeite.
   安靜點兒，漢斯！我在工作。

答案：1. Seien　2. seid　3. Sei　4. Sei　5. Sei

請問下列句子表達了一種什麼樣的語氣。

Du gehst jetzt gleich!

你現在馬上去！

問題解答

這個句子表達了一種祈使的語氣，德語中有時可用直陳式表達堅決的命令。表達祈使的語氣還可以直接使用動詞不定式或名詞。

舉一反三
（請翻譯）

1. Du bleibst hier!
2. Ihr werdet sofort aufhören!
3. Du gehst sofort schlafen!
4. Bitte, einsteigen!
5. Achtung!
6. Ruhe bitte!
7. Nicht öffnen, bevor der Zug hält!

答案：1. 你留在這兒！
2. 你們應該立刻停下來！
3. 你這就去睡覺！
4. 請上車！
5. 注意！
6. 安靜！
7. 在火車停下前，不得開門！

請問下列句中用專色的部分屬於哪類動詞。

Können Sie Deutsch sprechen?

您會說德語嗎？

問題解答

用專色的部分können屬於情態動詞，意思是“能夠”。除können外，情態動詞還有sollen、dürfen、mögen、müssen、wollen。它們表達可能性、必要性和願望等。情態動詞作助動詞用時與其他動詞連用，形成“框形結構”；它們也可作獨立動詞用，單獨作謂語。

舉一反三

1. ________ wir mit der Arbeit anfangen?
   我們能開始工作了嗎？
2. Alle Kinder ________ zur Schule gehen.
   所有的孩子都必須上小學。
3. In den Sommerferien ________ wir eine Reise machen.
   暑假我們打算去旅遊。
4. Beim Lernen ________ die Schüler einander helfen.
   在學習上學生們應該互相幫助。
5. Sie ________ das nicht haben.
   他們不想要這東西。

答案：1. Können　2. müssen　3. wollen　4. sollen　5. mögen

請指出下列句中用專色的部分是哪個情態動詞的第幾人稱變位，意思是什麼。

Das Kind kann schon laufen.

這個小孩會走路了。

問題解答

用專色的部分kann是情態動詞können第三人稱單數的變位形式，意思是“能”。情態動詞第三人稱單數與第一人稱單數變位形式相同。

舉一反三

1. Ihr ________ jetzt nach Hause.
   你們現在可以回家了。
2. Jetzt ________ ich mir das noch nicht leisten.
   這個我現在還買不起。
3. Dieses Flugzeug ________ über 300 Passagiere aufnehmen.
   這架飛機能載三百多名乘客。
4. Es ________ sein, dass er nicht zu Hause ist.
   有可能他不在家。
5. ________ Sie Basketball spielen?
   您會打籃球嗎？

答案：1. könnt　2. kann　3. kann　4. kann　5. Können

請指出下列句中用專色的部分是什麼詞的第幾人稱變位，意思是什麼。

Man darf hier nicht rauchen.

這兒不許抽煙。

問題解答

用專色的部分darf是情態動詞 dürfen針對第三人稱單數的變位，意思是“允許”。dürfen還可以表示客氣的詢問。

舉一反三

1. ________ ich eine Frage stellen?

   我能提一個問題嗎？

2. Was ________ es sein?

   您想要點什麼？(售貨員對顧客的問話)

3. In der Prüfung ________ die Studenten kein Wörterbuch benutzen.

   考試時學生不能使用字典。

4. Das kleine Mädchen ________ abends nicht zu spät nach Hause kommen.

   這小姑娘晚上不許太晚回家。

5. Ihr ________ die Hefte morgen abgeben.

   你們可以明天交本子。

答案：1. Darf　2. darf　3. dürfen　4. darf　5. dürft

請問句中用專色的部分是哪個情態動詞的第幾人稱變位，意思是什麼。

Ich muss heute alle Texte einmal wiederholen.

今天我必須把所有的課文都複習一遍。

問題解答

句中用專色的部分muss是情態動詞müssen針對第一人稱單數ich的變位，意思是“必須”。müssen除了表示一種必要性和義務外，還可以表示要求，勸告以及一種極有把握的猜測。

舉一反三

1. Du siehst bleich aus. Du ________ im Bett bleiben.
   你看起來很蒼白。你必須臥床休息。
2. Ihr ________ euch den Film ansehen.
   你們得看看這部電影。
3. Herr Meier ________ heute krank sein, sonst geht er immer pünktlich zur Arbeit.
   邁爾先生一定是病了，否則他總是準時來上班的。
4. Wir kriegen kein Taxi und ________ mit dem Bus nach Hause fahren.
   我們沒搭到計程車，只好坐巴士回家。

答案：1. musst　2. müsst　3. muss　4. müssen

請問句中用專色的部分是哪個情態動詞的第幾人稱變位，意思是什麼。

Wollt ihr morgen einen Ausflug machen?
你們打算明天去郊遊嗎？

問題解答

句中用專色的部分wollt是情態動詞wollen的第二人稱複數ihr的變位形式，該詞表示願望、意志、打算和意圖。除此之外，wollen還可表示某一未來行動出現前的願望。

舉一反三

1. ________ ihr morgen abreisen.
   你們打算明天動身嗎？
2. Er ________ Journalist werden.
   他想當一名記者。
3. Wir ________ hier warten, bis du zurück kommst.
   我們將在這兒等到你來。
4. ________ Sie hier bleiben oder nach Hause gehen?
   您想呆在這兒，還是想回家？
5. Was ________ du von mir?
   你想要我做什麼？

答案：1. wollt　2. will　3. wollen　4. Wollen　5. willst

請問句中用專色的部分是哪個情態動詞的第幾人稱變位，意思是什麼。

Man soll nicht lügen.

不應該說謊。

問題解答

句中用專色的部分soll是情態動詞sollen第三人稱單數的變位形式，表示一種道德的要求，意思是“應該”。除此之外，sollen還表示受人委託做某事，轉達第三者的話。

舉一反三

1. Der Arzt hat gesagt, ich ________ im Bett liegen.
   醫生說，我得臥床休息。
2. Rosa hat angerufen. Du ________ heute Abend zu ihr kommen.
   羅莎打過電話，叫你今天晚上去她那兒一趟。
3. Laut Wetterbericht ________ es heute regnen.
   天氣預報說今天會下雨。
4. Wir wissen nicht, was wir hier ________?
   我們不知道，我們在這兒幹什麼。
5. Ihr ________ sofort nach Hause kommen.
   你們應該馬上回家。

答案：1. soll　2. sollst　3. soll　4. sollen　5. sollt

請問句中用專色的部分是哪個情態動詞的第幾人稱變位，意思是什麼。

Sie mag nicht länger warten.

她不想再等下去了。

問題解答

句中用專色的部分mag是情態動詞mögen針對第三人稱單數的變位。mag nicht表示“不喜歡做某事”。mögen常用來表示猜測。

舉一反三

1. Kinder ________ gern Süssigkeiten.
   小孩兒喜歡吃甜食。
2. Jemand klopft an die Tür. Wer ________ das sein?
   有人在敲門。會是誰呢？
3. Sie ________ etwa dreissig Jahre alt sein.
   她可能三十歲左右。
4. Ich ________ nichts essen.
   我什麼也不想吃。
5. Du ________ recht haben.
   可能你是對的。
6. Ich ________ ihn nicht stören.
   我不想打攪他。

答案：1. mögen　2. mag　3. mag　4. mag　5. magst　6. mag

請問句中用專色的部分是由哪個動詞變來的。

Möchten Sie mit mir ins Kino gehen?

您想和我一塊兒去看電影嗎？

問題解答

句中用專色的部分möchten是情態動詞mögen的第二虛擬式。當委婉地表達願望和興趣時，常使用möchten。

舉一反三

1. Er ________ diesen Lehrer kennenlernen.
   他想認識這位老師。
2. ________ ihr am Wochenende ins Theater gehen?
   週末你們想去看戲嗎？
3. Was ________ du trinken, Tee oder Kaffee?
   你想喝什麼？茶還是咖啡？
4. Ich ________ fragen, wie ich zur Uni gehe.
   我想問一下，去學校怎麼走？
5. Wir ________ heute Nachmittag Fussball spielen.
   今天下午我們想去踢足球。
6. Ich ________ diesen Roman lesen.
   我想看這本小說。

答案：1. möchte　2. Möchtet　3. möchtest　4. möchte　5. möchten　6. möchte

請指出下列兩句中用專色的動詞用法有何不同。

Darf ich hier rauchen?

我可以在這兒抽煙嗎？

Ja, Sie können hier rauchen.

您能夠在這兒抽煙。

問題解答

第一句中的darf 表示客氣地徵求別人意見；而第二句中的können表示對問話人的尊重。dürfen表示主語被允許做某事，而können表示主語有能力，有可能做某事。某些時候二者也可互換。

舉一反三

1. ________ ich mal diesen Roman für zwei Wochen haben?

   這本小説我能借兩個星期嗎？

2. ________ ich zu Hans gehen?

   我可以去漢斯家嗎？

   Ja, du ________.

   你可以去。

3. Emma ________ nicht ins Kino gehen, weil sie schon verabredet ist.

   艾瑪不能去看電影，她已經有約了。

答案：1. Kann/ Darf 2. Darf, kannst 3. kann

請問下列兩句中用專色的部分表達的意義有何區別。

Ich möchte nächste Woche nach Hause fahren.

我想下周回家。

Ich will nächste Woche nach Hause fahren.

我打算下周回家 。

問題解答

第一句話中的möchte表示一種想法及願望，但不知能否實現。第二句話中的will表示一種決心和打算，願望比前者強烈。在表示請求的時候，多用möchten，若陳述過去的事情，只能用wollen的過去時 wollte。

舉一反三

1. Ich ________ fragen, ob Herr Wang hier ist.
   我想問一下，王先生在不在這兒。
2. Das Kind war sehr müde und ________ schlafen.
   (那時)孩子很累，想上床休息。
3. Wir ________ ins Konzert. Kommst du mit?
   我們想去聽音樂會，你一塊兒去嗎？
4. Was darf es sein?
   想要點什麼？
   Ich ________ eine Landkarte.
   我想要一幅地圖。

答案：1. möchte 2. wollte 3. wollen/ möchten 4. möchte

請問下列句中用專色的部分表達的意義有什麼區別。

Ich bin krank und soll im Bett liegen.

我病了，應該臥床休息。

Ich bin krank und muss im Bett liegen.

我病了，必須臥床休息。

問題解答

第一句中soll表示“醫生建議我休息”：而第二句中muss表示“我在病了的條件下必須休息”。二者的區別在於，sollen表示由於他人的要求而做某事，而müssen表示主語在某種客觀要求下非做某事不可。

舉一反三

1. Was hat Mutter gesagt?

   媽媽說什麼？

   Wir ________ leise sein.

   要我們小聲點。

2. Ich habe keine Zeit. Ich ________ noch arbeiten.

   我沒有時間，我必須工作。

3. Morgen haben wir Besuch. ________ ich Obst kaufen?

   明天有客人來，要我買點水果嗎？

   Ja, Obst ________ wir haben.

   要，我們必須有水果。

答案：1. sollen　2. muss　3. Soll, müssen

A3

動詞

請問下列句中用專色的部分是動詞的什麼形式。

Ich habe vor einem Jahr in Berlin gearbeitet.

一年前我在柏林工作。

問題解答

gearbeitet是動詞arbeiten的二分詞形式，它和助動詞haben形成框形結構，構成現在完成時，表示動作已完成。規則變化動詞，即弱變化動詞的二分詞由動詞詞根加字首ge-和詞尾-t(或-et)構成；帶有非重讀字首和以-ieren結尾的動詞不再加-ge。

舉一反三

1. Von dem Vortrag ________ wir wenig ________(haben).
   聽了這個報告我們收穫甚少。
2. Bernd und ich ________ zusamme Schach ________ (spielen) und Musik ________(hören).
   貝爾恩德和我一起下象棋，聽音樂。
3. ________ du den Rotwein schon mal ________(probieren).
   你嚐過這種紅葡萄酒嗎？
4. ________ ihr das Hotelzimmer ________(bezahlen)?
   你們付了酒店房錢了嗎？

答案：1. haben, gehabt 2. haben, gespielt, gehört 3. Hast, probiert 4. Habt, bezahlt

請問下列句中用專色的部分是哪個動詞的二分詞。

Gestern habe ich bis 10 Uhr geschlafen.

昨天我睡到十點鐘。

問題解答

geschlafen是動詞schlafen的二分詞，它的二分詞變化不規則，稱為強變化動詞。這類動詞如：essen、lesen、finden、geben、rufen、singen、beginnen,等，它們的二分詞詞尾均為-en。

舉一反三

1. Hat die Vorlesung schon ________(beginnen)?
   課已經開始了嗎？
2. Zum Frühstück habe ich ein Brötchen ________(essen).
   早餐我吃了一個小麵包。
3. Hast du das Buch schon ________(lesen)?
   這本書你看了嗎？
4. Gestern haben wir alle Wäsche ________(waschen).
   昨天我們洗了所有的衣服。
5. Petra, hast du Hans ________(sehen)?
   佩特拉，你看見漢斯了嗎？

答案：1. begonnen 2. gegessen 3. gelesen 4. gewaschen 5. gesehen

請問下列句中用專色的部分是哪個動詞的二分詞。

Nach dem Früstück hat Frau Winter ihre Tochter zur Schule gebracht.

早飯後溫特太太把女兒送到學校去。

問題解答

gebracht是動詞bringen的二分詞形式。它的二分詞變化不規則，稱為混合變化動詞。這類動詞如：wissen、denken、nennen、kennen、können、müssen等，它們的二分詞詞尾均為-t，詞幹母音發生變化。

舉一反三

1. Daran haben wir nun nicht ________(denken).
   這點我們還沒想到。
2. Früher habe ich davon gar nichts ________(wissen).
   從前我對此一無所知。
3. Ich habe dich gleich an deiner Stimme ________ (erkennen).
   我從你的聲音立刻就知道是你了。
4. Der Professor hat einige Beispiele ________ (nennen).
   教授舉了幾個例子。

答案：1. gedacht　2. gewusst　3. erkannt　4. genannt

請問下列句中用專色的部分構成什麼時態。

Er hat noch etwas trinken wollen.

他還想喝點什麼。

問題解答

句中用專色的部分構成情態動詞wollen的現在完成時。當情態動詞用在現在完成時中，用它的不定式代替二分詞形式即：“haben+動詞不定式+情態動詞”。

舉一反三（請替換現在完成時）

1. Er konnte es damals doch erklären.
2. Früher durfte man gar nicht in diesen Garten treten.
3. Wir mussten früher jeden Morgen um 6 Uhr aufstehen.

答案：1. Er hat es damals doch erklären können.
他當時應該能夠解釋一下的。
2. Früher hat man gar nicht in diesen Garten treten dürfen.
從前人們不能進這個花園。
3. Wir haben früher jeden Morgen um 6 Uhr aufstehen müssen.
我們從前必須每天早上六點中起床。

請解釋下列句中助動詞為什麼是ist。

Vorgestern ist meine Mutter zu mir gekommen.

前天我媽媽到我這兒來了。

問題解答

因為動詞kommen在構成現在完成時的時候不用haben而用sein作助動詞。德語中有些表示位置移動或狀態變化而又不能支配第四格的動詞如gehen、reisen、passieren等用sein作助動詞構成現在完成時，包括表示靜態的sein和bleiben。

舉一反三

1. Wie lange ________ Sie hier ________?
   您在這兒呆了多久？
2. Letztes Jahr ________ wir nach China ________.
   去年我們到中國旅遊。
3. Letzte Woche ________ er nach Deutschland ________.
   上星期他坐飛機到德國去了。
4. Ich ________ krank ________.
   我病了。
5. ________ ihr gestern ins Stadtzentrum ________?
   你們昨天坐車到市中心去了嗎？

答案：1. sind, geblieben　2. sind, gereist　3. ist, geflogen　4. bin, gewesen　5. Seid, gefahren

請解釋下列兩句話中助動詞為何不同。

Ich bin gestern Abend schnell eingeschlafen.

昨天晚上我很快就入睡了。

Ich habe bis 10 Uhr vormittags geschlafen.

我睡到上午十點。

問題解答

因為動詞einschlafen表示一種從醒着到睡着的變化過程，而動詞schlafen則表示睡着這一狀態。前者的助動詞為sein，而後者為haben。與einschlafen類似的動詞還有：aufstehen、aufwachen、ausziehen、einziehen等。

舉一反三

1. In den Ferien ________ ich immer erst um 9 Uhr ________.
   假期裏我九點才起床。
2. Gestern ________ ein Fremder vor der Tür ________.
   昨天有一個陌生人站在門口。
3. Morgens um 7 Uhr ________ er plötzlich ________.
   早上七點鐘他突然醒來。
4. Familie Baum ________ im letzten Monat in die neue Wohnung ________.
   鮑姆一家上個月搬進了新居。

答案：1. bin, aufgestanden 2. hat, gestanden 3. ist, aufgewacht 4. ist, eingezogen

請指出下列句中用專色的部分是哪類動詞。

Heute habe ich nichts vor.

今天我沒有安排。

問題解答

句中用專色的部分vor/ haben稱為可分動詞。可分動詞單獨作謂語使用時，可分字首要與詞根分離，放到句尾。如句中有助動詞，則不分離，並和助動詞形成框形結構。可分動詞的二分詞由字首加動詞詞幹二分詞構成。這類動詞如：einladen、aufstehen、fernsehen、anfangen、vorhaben、aufwachen等。

舉一反三

1. Am Wochenende ________ ich meistens ________.
   周末我大多數時候都在看電視。
2. Wir gehen ins Kino. ________ du ________?
   我們去看電影。你一塊兒去嗎？
3. Thomas hat mich zum Essen ________.
   托馬斯請我去吃飯。
4. Ich muss meine Eltern vom Bahnhof ________.
   我得去車站接我父母。

答案：1. sehe, fern　2. Kommst, mit　3. eingeladen　4. abholen

請問下列句中用專色的部分是動詞的什麼時態。

Wir waren zwei Wochen in China. Meistens hatten wir schönes Wetter.

我們在中國呆了兩個星期，大部分時候天氣都很好。

問題解答

waren和hatten分別是動詞sein和haben的過去時形式。口語中，常用sein和haben的過去時代替現在完成時。

舉一反三

1. ________ Sie schon mal in Deutschland?

   您到過德國嗎？

2. Ich ________ gestern nicht auf der Tanzparty. Ich ________ keine Zeit.

   昨天我沒有去舞會。我沒有時間。

3. Wie ________ der Urlaub?

   假期過得怎麼樣？

4. Gestern ________ wir keinen Unterricht.

   昨天我們沒有課。

5. ________ du früher eine Arbeit in der Stadt?

   你從前在城裏有一份工作嗎？

答案：1. Waren　2. war, hatte　3. war　4. hatten　5. Hattest

請指出下列句中用專色的部分是動詞的什麼時態。

Vor zwei Jahren wohnten wir in Chongqing.
兩年前我們住在重慶。

問題解答

wohnten是弱變化動詞wohnen的過去時形式。弱變化動詞的過去時由動詞詞幹加過去時詞尾-ten 構成。第一人稱和第三人稱單數形式相同，由動詞詞幹加詞尾-(e)te構成。過去時多用於連貫敘述，以某種客觀的態度提及往事。

舉一反三

1. Ihr Mann unterricht________ früher an einer Hochschule.
   她的丈夫從前在一所大學教書。
2. 1990 mach________ ich Abitur und studier________ dann an der Universität Köln.
   1990年我中學畢業後在科隆大學讀書。
3. Wir bereit________ uns damals gerade auf das Examen vor.
   當時我們正在準備考試。
4. Was kauf________ ihr für den Geburtstag Utas?
   你們(當時)為烏塔的生日買了什麼？

答案：1. ete 2. te, te 3. eten 4. tet

請問下列句中用專色的部分是哪個動詞的過去時。

Mit 7 Jahren kam ich in die Grundschule.

我七歲上小學。

問題解答

用專色的部分kam是強變化動詞kommen的過去時，它的詞幹母音發生變化。這類動詞如：bleiben、fahren、nehmen、sprechen、helfen、fliegen等。

舉一反三

1. Gestern ________ ich zu Hause und ________ fern.
   昨天我呆在家裏看電視。
2. Er ________ ins Klassenzimmer und ________ mit dem Lehrer.
   他走進教室和老師説話。
3. Letzte Woche ________ er nach Amerika.
   上周他飛到美國去了
4. Gestern ________ wir nicht ins Kino. Thomas ________ die Karten nicht mehr.
   昨天我們沒有去看電影。托馬斯找不着票了。

答案：1. blieb, sah　2. ging, sprach　3. flog　4. gingen, fand

請問下列句中用專色的部分是哪個動詞的過去時。

Ich wusste früher gar nicht, dass du ihn kennst.

我以前根本不知道你認識他。

問題解答

wusste是混合變化動詞wissen的過去時形式，它的動詞詞幹母音以及詞尾發生變化。這類動詞如：bringen、kennen、wissen、denken、senden、rennen、brennen等。

舉一反三

1. Woran ________ du damals den ganzen Tag?
   你當時整天都在想什麼？
2. Früher ________ er diese Stadt gut.
   以前他很熟悉這個城市。
3. Der Taxifahrer ________ den Kranken ins Krankenhaus.
   計程車司機把病人送到醫院。
4. Früher ________ der Rundfunk nur bis 10 Uhr abends.
   從前電台只播放到晚上九點鐘。
5. Ich ________ beim Regen nach Hause.
   我冒着大雨跑回家。

答案：1. dachtest 2. kannte 3. brachte 4. sandte/ sendete 5. rannte

請指出下列句中用專色的部分是什麼動詞的過去時。

Sie wollte zum Bahnhof, konnte aber den Weg nicht finden und musste fragen.

她想去車站，但找不到路，得問人。

問題解答

句中用專色的部分是情態動詞的過去時。情態動詞常用過去時而不用現在完成時表示過去發生的事或已完成的事情。

舉一反三

1. Gestern war ich sehr müde, ________ aber nicht einschlafen.

   昨天晚上我很累，但睡不着。

2. Wir ________ gestern eigentlich schwimmen gehen, hatten aber plötzlich Besuch und ________ zu Hause bleiben.

   昨天我們本來想去游泳的，但突然來了客，必須呆在家裏。

3. Hans war gestern nicht dabei. Er ________ nicht ausgehen. Er ________ seiner Mutter bei der Hausarbeit helfen.

   漢斯昨天不在場。他不許出來。他媽媽叫他幫着幹家務。

答案：1. konnte 2. wollten, mussten 3. durfte, sollte

請問下列句中用專色的部分構成什麼時態。

Ich ging zur Tür. Es hatte geklingelt.

我去開門，剛才有人敲門。

問題解答

句中用專色的部分構成過去完成時。過去完成時表達另一個過去發生的動作開始之前就已經完成了的動作。過去完成時由助動詞haben或sein的過去時形式加該動詞的二分詞構成。

舉一反三

1. Ich erkannte Uta nicht mehr. Ich ________ sie schon zehn Jahre lang nicht mehr ________.

   我已經不認識烏塔了，我十年沒見過她了。

2. Er fuhr mit nach München. Dort ________ er noch niemals ________.

   他一同去慕尼黑。他還從沒到過那兒。

3. Er war sehr müde, denn er ________ Überstunden ________.

   他很累，因為他加了班。

答案：1. hatte, gesehen 2. war, gewesen 3. hatte, gemacht

請問下列句中用專色的動詞支配第幾格。

Die Schülerin sucht ihren Kugelschreiber.

這個女學生在找她的圓珠筆。

問題解答

動詞suchen支配第四格賓語。能支配第四格賓語（也叫直接賓語）的動詞稱為及物動詞。這類動詞如：nehmen、machen、kennen、haben、finden、lesen、probieren、lernen、trinken等。

舉一反三

1. Es regnet. Ich ________ ein Taxi.

   下雨了。我坐計程車。

2. ________ machst du denn?

   你在幹嘛？

   Ich ________ meine Hausaufgaben.

   我在做家庭作業。

3. Ich ________ den Lehrer von meinem Sohn nicht.

   我不認識我兒子的老師。

4. Professor Yang ________ einen deutschen Roman ins Chinesische.

   楊教授把一本德國小說翻譯成中文。

5. ________ Sie bitte die Tür!

   請您打開門！

答案：1. nehme 2. Was, mache 3. kenne 4.übersetzt 5. Öffnen

請問下列句中用專色的動詞支配第幾格。

Wie schmeckt dir der Wein?

你覺得這葡萄酒怎麼樣？

問題解答

用專色的動詞schmecken 支配第三格賓語。德語中有些動詞只能支配第三格賓語。這類動詞如：antworten、danken、gefallen、passen、helfen、fehlen、gratulieren、folgen、gehören等。

舉一反三

1. Ich ________ meinen Freunden für ihre Geschenke.
   我感謝我朋友們的禮物。
2. Wie ________ Ihnen der Film?
   您喜歡這部電影嗎？
3. Thomas kann nicht mitkommen. Die Zeit ________ ihm nicht.
   托馬斯不能同去。這個時間對他不合適。
4. Der Schüler konnte dem Lehrer nicht ________.
   這個學生回答不了老師的問題。
5. Am Wochenende ________ Christa ihrer Mutter oft bei der Hausarbeit.
   周末克麗斯塔常常幫助她媽媽做家務。

答案：1. danke 2. gefällt 3. passt 4. antworten 5. hilft

請問下列句中用專色的動詞支配第幾格。

Die Grossmutter erzählt dem Kind ein Märchen.

祖母給孩子講一個童話故事。

問題解答

用專色的動詞erzählen支配第三格和第四格賓語。德語中有些動詞可同時支配第三格（一般指人）和第四格賓語（一般指物），這類動詞如：bringen、empfehlen、zeigen、erklären、wünschen、schenken等。

舉一反三
（請翻譯）

1. 售貨員給這個男孩看單車。
2. 您想把這個花瓶送給誰？
3. 我祝我的同事們新年快樂。
4. 服務生，您能給我推薦一下什麼酒好嗎？
5. 他給這個小孩講解家庭作業。

答案：1. Der Verkäufer zeigte dem Jungen das Fahrrad.
2. Wem möchten Sie diese Vase schenken?
3. Ich wünsche meinen Kollegen ein schönes Neu jahr.
4. Herr Ober, welchen Wein können Sie mir empfehlen?
5. Er erklärt dem Kind die Hausaufgaben.

請問下列句中用專色的動詞支配第幾格。

Sie nennen mich den Dicken.

他們叫我胖子。

問題解答

用專色的動詞nennen支配兩個第四格賓語mich和den Dicken。德語中有少數動詞可支配兩個第四格賓語。這類動詞除了nennen之外還有kosten、schimpfen等。

舉一反三
（請翻譯）

1. 這件毛衣花了我一百馬克。
2. 我叫夏洛特，媽媽叫我洛特。
3. 他罵自己是個傻瓜。
4. 這項任務花了她一個月時間。
5. 她叫他説謊的人。

答案：1. Der Pullover hat mich 100 DM gekostet.
2. Ich heisse Charlotte. Mutter nennt mich Lotte.
3. Er schimpft sich einen Narren.
4. Diese Aufgabe hat sie einen Monat gekostet.
5. Sie nannte ihn einen Lügner.

請問下列句中用專色的部分的名稱是什麼。

Nach dem Unterricht gehe ich in die Mensa.

下課後我去食堂吃飯。

問題解答

句中用專色的部分叫作方向補足語，它由動詞gehen支配。德語中一部分不及物動詞如：gehen、laufen、fahren、kommen等可以搭配由介詞短語構成的方向補足語，對方向補足語提問用wohin。

舉一反三

1. ________ fährt der Bus?
   這輛車開往何處？
   Der Bus fährt ________ Tianjin.
   這輛車開往天津。
2. Heute Abend gehe ich ________ Frau Wang.
   今天晚上我要到王太太那兒去。
3. Morgens um 6 Uhr laufe ich ________ Sportplatz.
   早上六點鐘我跑步去操場。
4. Erich kommt ________ Deutschland.
   艾里希去德國。
5. Viele Studenten drängen ________ Hörsaal.
   許多學生擠進大教室。

答案：1. Wohin, nach　2. zu　3. zum　4. nach　5. in den

請解釋下列兩句話中介詞in支配的格為何不同。

Ich gehe ins Klassenzimmer.

我走進教室。

Ich lerne im Klassenzimmer.

我在教室學習。

問題解答

因為介詞in在第一句中表動態，支配第四格；在第二句中表靜態，支配第三格。與in相似的既能表方向又能表方位的介詞還有：auf、neben、an、vor、hinter、über、unter、zwischen。它們都遵守“靜三動四”的原則，對表動態的介詞短語提問用wohin，表靜態的則用wo。

舉一反三

1. Am Sonntag fahre ich in d________ Stadt. In d________ Stadt kaufe ich ein.
   星期天我坐車進城去。我在城裏買東西。
2. Vor d________ Haus ist ein Garten.
   房子前面是一個花園。
3. ________ geht ihr denn?
   你們去哪兒？
   Wir gehen an d________ Fluss.
   我們去江邊。

答案：1. ie, er　2. em　3. Wohin, en

請問下列句中用專色的動詞的意義和用法有何區別。

Er stellt das Telefon auf den Tisch.

他把電話放在桌上。

Das Telefon steht auf dem Tisch.

電話放在桌上。

問題解答

兩個動詞都有“立，放”的意思。區別在於：stellen是及物動詞，支配的介詞表方向，搭配第四格；而stehen是不及物動詞，支配的介詞表方位，搭配第三格。

舉一反三

1. Markus, stellen wir die Kommode in ________ Ecke!
   馬爾庫斯，我們把五斗櫃放在角落裏吧！
2. Das Regal steht zwischen ________ Tisch und ________ Couch.
   書架立在桌子和長沙發之間。
3. Der Schreibtisch steht an ________ Wand.
   書桌靠着牆放。
4. Er stellt sein Fahrrad vor ________ Haus.
   他把單車放到房子前。

答案：1. die　2. dem, der　3. der　4. das

請問下列句中用專色的動詞的意義和用法有何區別。

Ich lege das Kissen auf das Bett.

我把墊子放到床上。

Das Kissen liegt auf dem Bett.

墊子放在床上。

問題解答

兩個動詞都有"放"的意思，它們的區別在於：legen是及物動詞，表動態，支配的介詞搭配第四格表方向；而liegen是不及物動詞，表靜態，支配的介詞搭配第三格表方位。

舉一反三

1. Das Kind ________ im Bett.
   這個孩子躺在床上。
2. Ich bin müde und möchte mich sofort ins Bett ________.
   我累了，想馬上躺到床上去。
3. Sie ________ das Bett neben das Fenster.
   她把床放在窗戶邊上。
4. ________ wir den Teppich auf den Boden!
   我們把地毯鋪在地板上吧！
5. Die alten Zeitungen ________ unter dem Tisch.
   舊報紙放在桌子下邊。

答案：1. liegt 2. legen 3. legt 4. Legen 5.liegen

請問下列句中用專色的動詞的意義和用法有何區別。

Wir hängen die Lampe an die Decke.

我們把燈掛在天花板下面。

Die Lampe hängt an der Decke.

燈掛在天花板下面。

問題解答

兩句中的hängen都是"掛"的意思，它們的區別在於：前者是及物動詞表動態，其過去時和二分詞形式為規則變化；後者是不及物動詞表靜態，其過去時和二分詞形式分別為hing、gehangen。

舉一反三

1. Hängen wir das Bild über ________ Bett!
   我們把畫掛在床的上方吧！
2. Das Bild hängt an ________ Wand.
   這幅畫掛在牆上。
3. ________ hänge ich den Mantel?
   把這件大衣掛在哪兒？
   In ________ Kleiderschrank.
   掛在衣櫃裏。
4. Früher hing eine Lampe über ________ Schreibtisch.
   以前書桌上方掛着一盞燈。

答案：1. das　2. der　3. Wohin, den　4. dem

請指出下列句中用專色的部分屬於哪類的動詞。

Heute ist sein Geburtstag. Er wird 22 Jahre alt.

今天是他的生日，他滿二十二歲。

問題解答

wird是動詞werden的第三人稱單數變位，werden不是助動詞，而是獨立動詞，表示變化過程，支配一個名詞補足語或形容詞補足語。當它支配名詞補足語時名詞用第一格。werden的二分詞geworden和助動詞sein構成其完成時態。

舉一反三

1. Es ________ dunkel. Wir müssen nach Hause.

   天黑了，我們得回家了。

2. Ich hoffe, dass Sie bald wieder gesund________.

   我希望你盡快恢復健康。

3. Was möchtest du später ________?

   你今後想幹什麼？

   Ich möchte Lehrer werden.

   我想當老師。

4. Er hat Maschinenbau studiert, ________ aber Journalist ________.

   他學的是機械製造，卻當了記者。

答案：1. Wird 2. werden 3. werden 4. ist, geworden

請問下列句中用專色的部分構成什麼時態。

Er wird übermorgen nach München fliegen.

他明天飛往慕尼黑。

問題解答

用專色的部分wird是動詞werden的第三人稱變位，它和不帶zu的動詞不定式fliegen 構成第一將來時。第一將來時表達將來某一時刻將會發生的事件或一種猜測；用於第一人稱時表示許諾、保證。

舉一反三

1. Ich ________ einen Brief an ihn ________.
   我要給他寫封信。
2. ________ ihr morgen das Museum ________?
   你們明天要去參觀博物館嗎？
3. Die Besprechung ________ wohl zu Ende ________.
   會議大概就要結束了。
4. Wir ________ es schon ________.
   我們能夠做到此事。
5. Was ________ du später ________?
   你今後要學什麼？

答案：1. werde, schreiben 2. Werdet, besichtigen/ besuchen 3. wird, sein 4. werden, schaffen 5. wirst, studieren

請問下列句中用專色的部分表達了什麼時態。

Er kommt morgen früh zu mir.

他明天要到我這兒來。

問題解答

用專色的部分動詞kommt形式上是現在時態，但它代替第一將來時表將來。當句中有表示未來的時間狀語時，可用現在時表將來，不一定非用將來時。

舉一反三

1. Morgen ________ wir keinen Unterricht.
   我們明天沒有課。
2. Bald ________ die Winterferien.
   寒假快到了。
3. Übermorgen ________ ich in Deutschland.
   我後天就到德國了。
4. Das Sportfest ________ am 5. April ________.
   四月五號開運動會。
5. Wir ________ uns wieder!
   我們還會見面的！
6. Morgen ________ er mit dem Wagen nach Hamburg.
   明天他開車去漢堡。

答案：1. haben 2. kommen 3. bin 4. findet, statt 5. sehen 6. fährt

請說出下列句中用專色的部分的名稱。

Morgens um 7 Uhr steht er auf und zieht sich an.

他早上七點鐘起床，然後穿衣。

問題解答

sich是第三人稱單數反身代詞的第四格。反身代詞即與主語是同一人或同一物的作賓語的人稱代詞。除了第三人稱單複數和尊稱Sie的反身代詞為sich外，其餘各人稱的反身代詞均與相應格人稱代詞相同。

舉一反三

1. Herr Holz rasiert ________ jeden Tag.
   霍爾茨先生每天修面。
2. Ich bin sehr müde und will ________ ins Bett legen.
   我很累，想上床休息。
3. Hans, wann wäschst du ________ denn?
   漢斯，你到底什麼時候洗臉啊？
4. Haben Sie ________ beim Eislaufen verletzt?
   您在滑冰的時候受傷了嗎？
5. Setzt ________ bitte ans Fenster!
   請你們坐到窗邊去。

答案：1. sich　2. mich　3. dich　4. sich　5. euch

請說出下列句中用專色的部分的名稱。

Ich habe mir eine Tasche gekauft.

我給自己買了一個包。

問題解答

用專色的部分mir是第一人稱單數ich的反身代詞第三格。反身代詞的第三格和第四格一樣，除了第三人稱單數和尊稱Sie為sich外，其餘各人稱均與人稱代詞第三格相同。

舉一反三

1. Er wünscht ________ zum Geburtstag ein Fahrrad.
   他生日的時候想得到一輛單車。
2. Das Kind kann ________ schon die Haare kämmen.
   這個小孩可以自己梳頭了。
3. Darf ich ________ die Fotos ansehen?
   我可以看一下這些照片嗎？
4. Karl wäscht ________ die Haare.
   卡爾給自己洗頭。
5. Morgens putzen wir ________ zuerst die Zähne.
   早上我們先刷牙。

答案：1. sich 2. sich 3. mir 4. sich 5. uns

請指出下列句中用專色的部分屬於哪一類動詞。

Die Mutter kümmert sich um die Tochter.

母親很關心女兒。

問題解答

用專色的部分叫做真反身動詞。反身動詞有真反身動詞和假反身動詞之分，其區別在於：真反身動詞和反身代詞構成一個不可分的整體，沒有反身代詞此動詞就不能用。這類動詞如：sich erholen、sich beeilen、sich erkundigen、sich befinden、sich schämen、sich bemühen等。

舉一反三

1. Deutschland ________ in Mitteleuropa.
   德國在歐洲中部。
2. Haben Sie ________ im Urlaub gut ________?
   您假期休息好了嗎？
3. Ich ________ nach dem Weg zum Flughafen.
   我打聽去機場的路。
4. Es ist schon fünf vor acht. Er ________.
   八點差五分了，他趕緊走了。

答案：1. befindet, sich　2. sich, erholt　3. erkundige, mich　4. beeilt, sich

請指出下列句中用專色的部分是什麼動詞。

Ich interessiere mich für Musik.

我對音樂感興趣。

問題解答

用專色的部分屬於假反身動詞。假反身動詞有反身和非反身兩種用法。作反身動詞時常支配一個介詞補足語，反身代詞為第四格。這類動詞如：sich interessieren für、sich unterhalten über、sich freuen über/ auf、sich aufregen über、sich vorbereiten auf、sich verstehen mit等。

舉一反三

1. ________ habt ihr euch ________?
   你們在談論什麼？
2. Die Eltern ________ sich ________ den Lärm ________.
   父母對噪音很惱火。
3. Ich muss mich ________ den Test ________.
   我得準備測驗。
4. Unser neuer Kollege ________ sich gut ________ uns.
   我們的新同事和我們相處得很好。
5. ________ wem hast du dich im Büro ________?
   你在辦公室和誰見了面？

答案：1. Worüber, unterhalten 2. regen, über, auf 3. auf, vorbereiten 4. versteht, mit 5. Mit, getroffen

請比較下列兩句中用專色的部分動詞的類型。

Er interessiert sich für Sport.

他對體育感興趣。

Sport interessiert ihn.

他對體育感興趣。

問題解答

第一句中的動詞interessieren屬於假反身動詞；而第二句中的interessieren是假反身動詞作及物動詞用。這兩句話意義相同。但也有一些假反身動詞作非反身動詞時，其意義與它作反身動詞用時有所不同。

舉一反三
(請替換)

1. Mutter regte sich über die laute Musik auf.
   音樂太吵，媽媽很生氣。
2. Wir freuen uns sehr über die Gründung der Grundschule.
   我們對小學的建成感到很高興。
3. Sie hat sich über seine Bemerkung sehr geärgert.
   她對他的話感到很生氣。

答案：1. Die laute Musik hat Mutter aufgeregt.
2. Die Gründung der Grundschule freut uns sehr.
3. Seine Bemerkung hat sie sehr geärgert.

請說出下列句中用專色的部分的名稱。

Wir sehen uns wieder!

我們還會見面的！

問題解答

句中用專色的部分是反身代詞表達一種交互現象，即：Ich sehe dich wieder.和 Du siehst mich wieder.兩句話的的組合。在表達交互關係的時候，句子主語總是複數。某些動詞在表達交互關係的時候可用交互代詞einander代替反身代詞。

舉一反三

（請翻譯）

1. 他們在青年活動中心碰頭。
2. 艾瑪和姐姐在家互相影響。
3. 在學習上同學們應該互相幫助。
4. 貝爾塔和迪特爾相互愛慕。
5. 我和我的父母能互相理解。

答案：1. Sie treffen sich im Jugendzentrum.
2. Emma und ihre Schwester stören sich zu Hause.
3. Beim Studium sollen die Studenten einander helfen.
4. Berta und Dieter lieben einander.
5. Meine Eltern und ich verstehen einander sehr gut.

請指出下列兩句話在意義上有什麼差別。

Sprich bitte laut. Ich verstehe dich gar nicht.

說大聲一點，我根本聽不清。

Inge versteht sich gut mit Johann.

英格和約翰相處得很好。

問題解答

第一句話中的動詞verstehen用作及物動詞，表示“聽得清楚或聽得懂某人講話”。第二句中的動詞verstehen作假反身動詞用，意思是“和某人相處得好、關係好”。用作反身和非反身時意義不同的動詞還如treffen，它作反身時表示有預約的約會或碰面，而作及物則表示偶然遇見。

舉一反三
（請翻譯）

1. 他不住在父母家裏。他和父母相處得不好。
2. 你能正確理解我的意思嗎？
3. 你怎麼理解這個詞？
4. 我們五點鐘在大門口見嗎？
5. 在博物館裏我遇到了一個朋友。

答案：1. Er wohnt nicht bei seinen Eltern. Er versteht sich nicht gut mit seinen Eltern.
2. Kannst du mich richtig verstehen?
3. Wie verstehst du das Wort?
4. Treffen wir uns um fünf Uhr vor dem Eingang?
5. Im Museum habe ich einen Freund getroffen.

請回答下列句中用專色的部分構成什麼語態。

Mein Fahrrad ist kaputt und wird repariert.

我的單車壞了，正在修。

問題解答

助動詞werden和行為動詞reparieren的二分詞形式repariert構成現在時被動態，即“車正在被修”。人們用被動態描述事件過程和行為，常不提起行為主體。若提起主體，則用介詞von（多為人）或durch（多為事物）帶起。

舉一反三
（請改寫成被動態）

1. Man renoviert das Kino.
2. Herr Holz löst das Problem.
3. Im Südchina isst man gern Reis.
4. In diesem Geschäft bedienen die Verkäufer die Kunden sehr gut.

答案：1. Das Kino wird renoviert.
電影院正在修繕。
2. Das Problem wird von Herrn Holz gelöst.
這個問題由霍爾茨先生來解決。
3. Im Südchina wird gern Reis gegessen.
在中國南方人們愛吃大米。
4. In diesem Geschäft werden die Kunden sehr gut bedient.
顧客在這家商店受到很好的服務。

請問下列句中用專色的部分構成什麼時態的被動態。

1997 wurde die Grosse Halle renoviert.

1997年大禮堂被修繕一新。

問題解答

助動詞werden的過去時和動詞renovieren的二分詞renoviert構成被動態的過去時，表示被修繕這個動作發生在過去。

舉一反三（請替換）

1. Li Ping öffnete die Tür.
2. Man löste schnell das Problem.
3. Gestern übten wir im Unterricht Dialoge.
4. Der Wecker weckte mich um 6 Uhr.
5. Der Arzt operierte gestern Herrn Lang.

答案：1. Die Tür wurde von Li Ping geöffnet.
門被李平打開了。
2. Das Problem wurde schnell gelöst.
這個問題很快就解決了。
3. Gestern wurden im Unterricht Dialoge geübt.
昨天上課練習了對話。
4. Ich wurde um 6 Uhr geweckt.
六點鐘我被鬧鐘叫醒。
5. Herr Lang wurde gestern operiert.
朗格先生昨天動了手術。

請問下列句中用專色的部分構成什麼時態的被動態。

Er ist schon gestern operiert worden.

他昨天已經動了手術。

問題解答

句中用專色的部分構成動詞operieren被動態的現在完成時。作助動詞的werden在構成完成時態時，時間助動詞是sein，而werden用其二分詞geworden的變體worden。

舉一反三（請替換）

1. Das Fenster wurde von ihm geschlossen.
2. Der Brief wurde per e-mail gesendet.
3. Der Verbrecher wurde von der Polizei gefasst.
4. Die Theaterkarten wurden schon gestern bestellt.

答案：1. Das Fenster ist von ihm geschlossen worden.
窗戶被他關上了。
2. Der Brief ist per e-mail gesendet worden.
信是以電子郵件的形式發出去的。
3. Der Verbrecher ist von der Polizei gefasst worden.
罪犯已經被警方抓獲了。
4. Die Theaterkarten sind schon gestern bestellt worden.
戲票昨天就訂好了。

請問下列句中用專色的部分構成什麼語態。

Dieser Artikel ist leicht zu verstehen.

這篇文章很容易理解。

問題解答

句中用專色的部分“sein+帶zu的不定式”的結構是帶有情態動詞können、müssen、sollen的被動態的替代形式。此句可以替換：“Dieser Artikel kann leicht verstanden werden.”。

舉一反三
（請替換）

1. Das Zimmer muss zweimal in der Woche sauber gemacht werden.
   房間必須一周打掃兩次。
2. Die Briefe können abgeholt werden.
   信可以取走了。
3. Das Tor muss um 23 Uhr abgeschlossen werden.
   大門在二十三點必須關閉。
4. Man kann das Fahrrad gar nicht reparieren.
   這輛單車修不好了。

答案：1. Das Zimmer ist zweimal in der Woche sauber zu machen.
2. Die Briefe sind abzuholen.
3. Das Tor ist um 23 Uhr abzuschliessen.
4. Das Fahrrad ist gar nicht zu reparieren.

請説出下列句中用專色的部分表達的語態。

Das Problem lässt sich gar nicht lösen.

這個問題根本不能解決。

問題解答

句中用專色的部分“sich+lassen+動詞不定式”的結構可用於替換帶情態動詞können的被動態。此句可替換：“Das Problem kann gar nicht gelöst werden.”

舉一反三
（請替換）

1. Seine Situation kann nicht geändert werden.
2. Ihre Schrift kann man schlecht lesen.
3. Fachbücher können schwer verkauft werden.
4. Er kann leicht beeinflusst werden.

答案：1. Seine Situation lässt sich nicht ändern.
他的狀況不容改變。
2. Ihre Schrift lässt sich schlecht lesen.
她的字跡很難辨認。
3. Fachbücher lassen sich schwer verkaufen.
專業書籍很難賣出去。
4. Er lässt sich leicht beeinflussen.
他很容易受影響。

請問句中用專色的部分表達了什麼意義。

Der Roman verkauft sich gut.

這本小說賣得很好。

問題解答

句中用專色的部分屬於反身結構，表達被動意義，可替換為“Der Roman lässt sich gut verkaufen.”。這種結構與被動語態形式不同的是，該結構中不提及動作的發出者，句中的文法主語即邏輯賓語。

舉一反三
(請替換)

1. Dein Kugelschreiber wird schon gefunden werden.
2. Das Buch kann ohne Mühe gelesen werden.
3. In diesem Klassenzimmer kann man gut arbeiten.

答案：1. Dein Kugelschreiber wird sich schon finden.
你的圓珠筆一定會找到。
2. Das Buch liest sich leicht.
這本書容易讀。
3. In diesem Klassenzimmer arbeitet es sich gut.
在這間教室可以很好的學習。

請解釋下列句中用專色的部分構成的文法現象。

Bei uns wird am Sonntag gearbeitet.
我們這兒星期天要工作。

問題解答

此句是助動詞wird和不及物動詞arbeiten的二分詞構成的被動態。不及物動詞通常不能構成被動態，但德語中有一部分不及物動詞，它的發出者是人，能搭配第二格、第三格或介詞賓語，可構成被動態，稱為無人稱被動態。es可以作為形式主語放在句首。無人稱被動態的助動詞只能是werden 的第三人稱單數變位。

舉一反三

1. Man hilft ihm oft.
2. Die Leute tanzten im Saal.
3. Man diskutiert über die Verkehrsprobleme.
4. Man arbeitete Tag und Nacht.

答案：1. Ihm wird oft geholfen.
他經常受到幫助。
2. Im Saal wurde getanzt.
人們在大廳裏跳舞。
3. über die Verkehrsprobleme wird diskutiert.
人們討論了交通問題。
4. Es wurde Tag und Nacht gearbeitet.
人們日夜工作。

請解釋下列兩句話中用專色的部分有何不同。

Das Tor wird geöffnet.

大門被打開了。

Der Supermarkt ist geöffnet.

超市開着門。

問題解答

第一句話表示“被打開”這個動作，用werden 構成被動態；而第二句話則表示“開着”這個狀態，用sein構成被動態。用sein加動詞的二分詞構成的被動態叫“狀態被動態”，表示某種狀態。狀態被動態句中很少用von或durch帶起行為主體。

舉一反三

1. Von wann bis wann ________ das Geschäft geöffnet?
   這家商店從幾點到幾點開門。
2. Der Fernseher ________ von mir ausgeschaltet.
   電視是被我關掉的。
3. Das Fenster ________ den ganzen Tag geschlossen.
   窗戶整天都是關着的。
4. übersetzt Herr Wang den Roman?
   王先生在翻譯這部小說嗎？
   Nein, der Roman________ schon längst übersetzt.
   不是，它早就譯出來了。

答案：1. ist　2. wurde　3. ist　4. ist

請比較下列句中動詞的意義有什麼不同。

Der Vater lässt ihn nicht ins Kino gehen.

爸爸不許他去看電影。

Lass bitte das Rauchen!

把煙戒了吧！

問題解答

第一句的動詞lassen表示允許，同意。而第二句中的動詞lassen則表示停止，作罷，放棄某事。除此之外，lassen還可以表示把某物留下，讓別人做某事，及用在一些固定搭配中。

舉一反三
（請翻譯）

1. 我不能把孩子一個人留在家裏。
2. 他找人修他的單車。
3. 孩子們，讓我安靜一下吧！
4. 這道題太難了，別管它！
5. 你能讓我打一下電話嗎？

答案：1. Ich kann das Kind nicht allein zu Hause lassen.
2. Er lässt sein Fahrrad reparieren.
3. Kinder, lasst mich in Ruhe!
4. Diese Aufgabe ist zu schwer. Lass das doch!
5. Kannst du mich mal telefonieren lassen?

請解釋下列句中用專色的部分形式為何不同。

Er hat seinen Schlüssel zu Hause gelassen.

他將他的鑰匙放在家裏了。

Er hat das Zimmer sauber machen lassen.

他讓人打掃房間。

問題解答

因為兩句中的lassen分別作行為動詞和助動詞。lassen在句中作行為動詞時現在完成時用其二分詞gelassen。在句中作助動詞，其後還跟一個動詞不定式時用其二分詞的變體lassen。

舉一反三

1. Hast du das Gepäck am Bahnhof ________?
   你把行李放到車站了嗎？
2. Der Lehrer hat den Schüler stehen ________.
   老師讓這個學生站着。
3. Die Frau hat ihre Tasche im Taxi ________.
   這位小姐把錢包忘在計程車裏了。
4. Im Hotel habe ich mir das Zimmer zeigen ________.
   在酒店裏我讓服務員開房間給我看。
5. Sie ________ dich grüssen.
   她讓問你好。

答案：1. gelassen　2. lassen　3. gelassen　4. lassen　5. lässt

請說出下列句中用專色的部分的名稱。

Ich sehe ihn ins Unterrichtsgebäude gehen.

我看見他走進教學樓。

問題解答

句中用專色的部分叫做動詞不定式。不定式分為帶zu和不帶zu兩種。此處為不帶zu的動詞不定式。以下幾個動詞能夠和不帶zu的不定式構成複合謂語：hören、sehen、bleiben、helfen、lernen、fühlen、heissn、machen.

舉一反三

1. Das Kind lernt ________.
   這個孩子在學走路。
2. Ich hörte sie wunderbar ________.
   我聽見過她唱歌唱得好極了。
3. Er half mir den Koffer ________.
   他幫我提箱子。
4. Bleiben Sie ruhig ________!
   您盡管坐着吧！
5. Er hat sein Ende ________ fühlen.
   他感到他的末日到了。

答案：1. laufen 2. singen 3. tragen 4. sitzen 5. kommen

請指出句中用專色的部分的名稱。

Nach dem Frühstück geht sie allein einkaufen.

吃過早飯後她一個人去買東西。

問題解答

句中用專色的部分是不帶zu的不定式。gehen屬於表示行為動作的不及物動詞，它可以和不帶zu的不定式構成複合謂語。這類動詞還有：fahren、kommen.

舉一反三

1. Gehen wir heute Nachmittag ________!
   我們今天下午去游泳吧！
2. Ich komme dich ________.
   我來接你。
3. Du kannst jetzt ________ gehen.
   你現在可以去吃飯了。
4. Gehst du mit mir eine Tasse Kaffee ________?
   和我一塊兒去喝杯咖啡嗎？
5. Kommst du zu mir ________?
   你到我這兒來看電視嗎？
6. Fahrt ihr euch das Fussballspiel ________?
   你們開車去看足球賽嗎？

答案：1. schwimmen 2. abholen 3. essen 4. trinken 5. fernsehen 6. ansehen

請問下列句中用專色的部分的名稱。

Sie versprach zu kommen.

她答應來。

問題解答

句中用專色的部分叫做帶zu的不定式。它屬於不定式作賓語的簡單形式。謂語動詞和作賓語的不定式之間不加標點符號。

舉一反三
（請翻譯）

1. 我打算來。
2. 你今天不需要去上班。
3. 開始下雨了。
4. 他今天下午不需要打掃房間。
5. 他們開始唱歌。
6. 你不必生氣。

答案：1. Ich habe vor zu kommen.
2. Du brauchst heute nicht zur Arbeit zu gehen.
3. Es fängt an zu regnen./ Es beginnt zu regnen.
4. Heute Nachmittag braucht er das Zimmer nicht sauber zu machen.
5. Sie begannen zu singen./ Sie fingen an zu singen.
6. Du brauchst nicht sauer zu sein.

請說出下列句中用專色的部分的名稱。

Es macht mir immer viel Spass, Musik zu hören.

聽音樂總會給我帶來樂趣。

問題解答

句中用專色的部分是帶zu的不定式片語。它在句中作主語。es是主語的呼應詞，作形式主語。如果不定式片語位於句首，則不加es。

舉一反三（請翻譯）

1. 老是談論這個話題很無聊。
2. 學德語發音正確很重要。
3. 這個廣場在年底完工是不可能的。
4. 很高興再一次見到你。
5. 去德國學習現在對他來說還不可能。

答案：1. Es ist langweilig, immer über dasselbe Thema zu diskutieren.
2. Richtig auszusprechen ist beim Deutschlernen wichtig.
3. Es ist unmöglich, den Platz bis Ende des Jahres fertigzustellen.
4. Es freut mich, dich wiederzusehen.
5. Jetzt ist es für ihn noch unmöglich, in Deutschland zu studieren.

請問用專色的部分在句中作什麼成份。

Ich werde versuchen, das Buch zu bekommen.

我試圖得到這本書。

問題解答

用專色的部分在句中是不定式短語作動詞versuchen的賓語。它可以替代介詞賓語從句“..., dass ich das Buch bekomme.”

舉一反三

（請替換）

1. Der Schüler wagt nicht, dass er den Lehrer fragt.
2. Ich habe ganz vergessen, dass ich den Mantel in die Reinigung geben sollte.
3. Er versprach, dass er heute Abend zu mir kommt.

答案：1. Der Schüler wagt nicht, den Lehrer zu fragen.
這個學生不敢去問老師。
2. Ich habe ganz vergessen, den Mantel in die Reinigung zu geben.
我忘記把大衣送到乾洗店去。
3. Er versprach, heute Abend zu mir zu kommen.
他答應今天晚上到我這兒來。

請問下列句中用專色的不定式作什麼成份。

Ich bitte dich (darum), mir zwei Karten zu besorgen.

我請你幫我搞兩張票。

問題解答

句中用專色的部分不定式短語是介詞um的賓語。用專色的部分可以替換為賓語從句"..., dass du mir zwei Karten besorgst."

舉一反三
(請替換)

1. Sie beschäftigt sich zur Zeit damit, dass sie ihre Magisterarbeit schreibt.
2. Ich freue mich (darauf), dass ich dich bald wiedersehe.
3. Ich habe mich schon daran gewöhnt, dass ich morgens früh aufstehe.

答案：1. Sie beschäftigt sich zur Zeit damit, ihre Magisterarbeit zu schreiben.
她最近忙於寫碩士論文。
2. Ich freue mich (darauf), dich bald wiederzusehen.
我很高興不久又要見到你了。
3. Ich habe mich schon daran gewöhnt, morgens früh aufzustehen.
我已習慣於早起。

請問下列句中用專色的部分的不定式作什麼成份。

Ich habe heute gar kein Interesse, den Film zu sehen.

我今天沒有興趣看電影。

問題解答

句中帶zu的不定式片語，作定語，修飾名詞Interesse。常見的可以帶不定式片語的名詞有die Gelegenheit、die Zeit、die Möglichkeit、die Lust、die Freiheit、der Wunsch、die Hoffnung、die Schwierigkeit 等。

舉一反三（請翻譯）

1. 許多年輕夫婦都沒有時間照顧孩子。
2. 他要留在中國的願望沒有實現。
3. 他解決這個問題沒有困難。
4. 瓦爾特在家沒有機會認識更多的年輕人。

答案：1. Viele junge Ehepaare haben keine Zeit, sich um ihre Kinder zu kümmern.
2. Sein Wunsch, in China zu bleiben, wurde nicht erfüllt.
3. Er hat keine Schwierigkeit, das Problem zu lösen.
4. Zu Hause hat Walter keine Gelegenheit, mehr Jugendliche kennenzulernen.

請指出下列句中用專色的結構表達的意思。

Ich rufe Thomas an, um mit ihm einen Termin zu vereinbaren.

我給托馬斯打電話，要和他約個時間。

問題解答

句中用專色的部分um...zu的結構表達某種目的和意圖，在句中作目的狀語。動詞不定式vereinbaren 是主句主語ich發出的動作，einen Termin是vereinbaren的第四格。對該結構提問用warum或wozu (為什麼)。

舉一反三
(請翻譯)

1. 我去車站接我母親。
2. 你去醫院幹什麼？
   我去醫院看望我姨媽。
3. 我給他寫了一封信以示感謝。
4. 為了找到一份好工作他到了城裏。

答案：1. Ich fahre zum Bahnhof, um meine Mutter abzuholen.
2. Warum gehst du ins Krankenhaus?
   Ich gehe ins Krankenhaus, um meine Tante zu besuchen.
3. Ich schreibe ihm, um mich bei ihm zu bedanken.
4. Um eine gute Stelle zu finden, ging er in die Stadt.

請問句中用專色的部分能替換成哪個不定式短語。

Zum Übersetzen des Romans brauche ich viel Zeit.

翻譯這本書我需要很多時間。

問題解答

用專色的部分介詞片語可以替換為不定式片語um den Roman zu übersetzen。介詞zu後面跟由動詞變來的名詞，表示"為了做什麼事"，可替換um... zu結構。

舉一反三
(請替換)

1. Er fliegt zum Studium nach Deutschland.
2. Ich komme zu Besuch zu dir.
3. Wir fahren zur Besichtigung der Grossen Mauer nach Beijing.

答案：1. Er fliegt nach Deutschland, um dort zu studieren.
他到德國去學習。
2. Ich komme, um dich zu besuchen.
我來看你。
3. Wir fahren nach Beijing, um die Grosse Mauer zu besichtigen.
我們去北京參觀長城。

請指出下列句中用專色的部分的含義。

Nach der Reise hat sie sicher viel zu erzählen.

旅行回來她一定有很多要講的。

問題解答

句中用專色的部分“haben+zu+動詞不定式”結構具有情態動詞的含義，這種句子一般是以人為主語，並有主動的含義。

舉一反三（請改寫）

1. Dazu muss ich noch etwas sagen.
2. Ich habe keine Zeit. Ich muss so viel tun.
3. Er muss diese Arbeit erledigen.
4. Nach der Arbeit muss ich das Abendessen vorbereiten.

答案：1. Dazu habe ich etwas zu sagen.
對此我還有話要說。
2. Ich habe keine Zeit. Ich habe noch viel zu tun.
我沒有時間。我還有很多事要做。
3. Er hat diese Arbeit zu erledigen.
他必須完成這項工作。
4. Nach der Arbeit habe ich das Abendessen vorzubereiten.
下班後我得準備晚飯。

請問下列句中用專色的結構是什麼意思。

Es scheint zu regnen.

看上去要下雨了。

問題解答

句中用專色的部分“scheinen+zu+動詞不定式”的結構表示“看上去、似乎、好像”。

舉一反三
（請改寫）

1. Er ist zufrieden mit seinem Sohn.
2. Er wurde von dem Drama bewegt.
3. Sie hat keine Lust, den Film zu sehen.
4. Er ist krank.

答案：1. Er scheint zufrieden mit seinem Sohn zu sein.
他看上去對他的兒子很滿意。
2. Er scheinte von dem Drama bewegt zu sein.
他似乎被這齣劇感動了。
3. Sie scheint keine Lust zu haben, den Film zu sehen.
他看似沒有興趣看電影。
4. Er scheint krank zu sein.
他看上去像是病了。

請問下列句中用專色的部分是什麼意思。

Er pflegt früh aufzustehen.

他習慣早起。

問題解答

句中用專色的部分“pflegen+zu+動詞不定式”的結構表示“習慣做某事”。

舉一反三
（請改寫）

1. Er trinkt zum Essen immer ein Glas Wein.
2. Mein Vater liest nach dem Abendessen immer Zeitung.
3. Er sagt immer: „Übung macht den Meister“.
4. Er hat die Gewohnheit, morgens Sport zu treiben.

答案：1. Er pflegt zum Essen ein Glas Wein zu trinken.
他吃飯的時候習慣喝一杯葡萄酒。
2. Mein Vater pflegt nach dem Abendessen Zeitung zu lesen.
我父親習慣晚飯後看報。
3. Er pflegt zu sagen: „Übung macht den Meister“.
他愛說：“熟能生巧”。
4. Er pflegt morgens Sport zu treiben.
他習慣於早上鍛煉身體。

請問下列兩句中用專色的部分的用法有何區別。

Er ging, ohne „Auf Wiedersehen" zu sagen.
他沒說再見就走了。

Er half mir, ohne dass ich ihn darum gebeten hatte.
我沒有請求他就來幫助我。

問題解答

兩句中用專色的部分結構都表示"不做某事"。第一句中ohne作為連詞帶起動詞不定式，動詞不定式的邏輯主語和句子主語一致；第二句中的ohne帶起由dass引導的從句，從句的主語不一定和主句的主語一致。

舉一反三

1. 我毫不猶豫地買下了這張床。
2. 他從我身邊走過，沒和我打招呼。
3. 沒有我的邀請他就來參加晚會了。
4. 漢斯把課文讀了三遍也沒有讀懂。

答案：1. Ich kaufte das Bett, ohne zu zögern.
2. Er ging an mir vorbei, ohne mich zu grüssen.
3. Er kam zur Party, ohne dass ich ihn eingeladen hatte.
4. Hans las den Text dreimal, ohne ihn zu verstehen.

請指出下列句中用專色的部分引導的從句名稱。

Florian geht ins Kino, anstatt die Vorlesung zu besuchen.

弗羅裏安不上課而去看電影。

問題解答

句中用專色的部分anstatt...zu引導表示否定關係的從句，表示“不做某事而做某事”。主句表示實際做的事，從句表示沒有做的事。此外還可用(an)statt dass引導從句代替(an)statt...zu。

舉一反三

1. Warum greifst du mich an, ________ mir ________ helfen?
   你為什麼不幫助我反而攻擊我？
2. Die Eltern haben das Kind im Stich gelassen, ________ für es ________ sorgen.
   父母不照顧這個孩子而是將他拋棄。
3. Er hat seinen Plan aufgegeben, ________ er versuchte, ihn zu verwirklichen.
   他不試圖去實現這個計劃，而是放棄了它。
4. Hans ging nach dem Unterricht zu seinem Freund, ________ direkt nach Hause ________ gehen.
   漢斯放學後不直接回家而是到朋友家去了。

答案：1. (an)statt, zu　2. (an)statt, zu　3. (an)statt dass　4. (an)statt, zu

請指出下列兩句中用專色的部分用法的區別。

Er ging direkt ins Zimmer, ohne an die Tür zu klopfen.

他沒有敲門就走進房間。

Er ging direkt ins Zimmer, anstatt vor der Tür zu warten.

他不是在門口等而是直接走進房間。

問題解答

兩句中用專色的部分都有“沒有做某事”的意思。它們的區別在於：第一句話中的“ohne...zu”表示在進屋的時候沒有敲門，強調“沒做某事就……”；而第二句中的“anstatt...zu”則表示不是等待而是進屋，強調“不做某事而做另一件事”。

舉一反三

1. Er half mir, ________ ich ihn darum bat.

   我沒有請求他，他就來幫助我。

2. Er lachte über mich, ________ mir ________ helfen.

   他沒有幫助我，而是取笑我。

3. ________ neben ihm Platz ________ nehmen, setze ich mich ans Fenster.

   我沒有坐在他旁邊而是坐到窗戶邊去了。

答案：1. ohne dass　2. anstatt zu　3. anstatt zu

請問句中用專色的結構可替換成什麼形式。

Es gibt viel zu tun.

有很多事要做。

問題解答

句中用專色的部分的“geben+zu+動詞不定式”的結構屬於帶情態動詞的被動態替換形式的一種，它可以替換為“Vieles muss getan werden.”。與之相似的結構還有“bleiben/ ist+zu+動詞不定式”。

舉一反三（請替換）

1. Diese Frage muss noch diskutiert werden.
2. Viele Gerichte können gewählt werden.
3. Eine Menge Arbeit muss erledigt werden.
4. Vermutlich wird er zurücktreten.

答案：1. Diese Frage bleibt noch zu diskutieren.
這個問題還得討論。
2. Es gibt viele Gerichte zu wählen.
許多菜可供選擇。
3. Es gibt eine Menge Arbeit zu erledigen.
還有許多工作要做。
4. Es ist zu erwarten, dass er zurücktritt.
他有可能要引退。

請問下列句中用專色的部分能否用不定式短語替換。

Ich hoffe, dass ich die Reise mitmachen kann.

我希望我能一起去旅行。

問題解答

句中用專色的部分是賓語從句，它可以替換成不定式短語“..., die Reise mitmachen zu können.”。原句中，主句的主語和從句的主語一致，所以從句能夠替換成不定式短語。

舉一反三
(下列句子能否替換不定式語)

1. Die Eltern freuen sich, dass ihr Sohn die Prüfung bestanden hat.
   父母很高興兒子通過了考試。
2. Der Schüler freut sich, dass er die Prüfung bestanden hat.
   這個學生很高興通過了考試。
3. Ich habe vor, dass ich die Einladung annehme.
   我打算接受邀請。

答案：1. 不能替換。
2. Der Schüler freut sich, die Prüfung bestanden zu haben.
3. Ich habe vor, die Einladung anzunehmen.

請問下列句中用專色的部分能否用不定式短語替換。

Die alte Frau bat den jungen Mann, dass er das Fenster schloss.

老太太請年輕人把窗戶關上。

問題解答

句中用專色的部分能夠用替換不定式短語……，das Fenster zu schliessen.替換。因為主句的賓語就是從句的主語。當主句的賓語和從句的賓語(第三格或第四格)一致時，從句也可以替換成不定式短語。

舉一反三
(請替換)

1. Meine Freundin hat mir empfohlen, dass ich den Roman lese.

   我朋友建議我看這本小說。

2. Die Mutter erlaubt den Kindern, dass sie heute Abend ins Kino gehen.

   母親允許孩子們今天晚上去看電影。

答案：1. Meine Freundin hat mir empfohlen, den Roman zu lesen.
2. Die Mutter erlaubt den Kindern, heute Abend ins Kino zu gehen.

請問下列句中用專色的部分能否替換成不定式短語。

Es ist verboten, dass man hier raucht.

這兒禁止抽煙。

問題解答

句中用專色的部分可以替換成不定式短語“..., hier zu rauchen.”。以“Es ist ...”為主句，用dass引導的主語從句主語可以用不定式短語替換。

舉一反三
(請替換)

1. Es ist nicht schwer, dass man in der Stadt eine Arbeit findet.
   在城裏找工作不難。
2. Es ist schön, dass ich dich treffe.
   遇見你真好。
3. Es ist leider nicht möglich, dass ich vor 6 Uhr bei dir bin.
   我六點前到你那兒是不可能的。

答案：1. Es ist nicht schwer, in der Stadt eine Arbeit zu finden.
2. Es ist schön, dich zu treffen.
3. Es ist leider nicht möglich, vor 6 Uhr bei dir zu sein.

請說出下列句中用專色的部分的名稱及用法。

Das Kind kommt weinend zu seiner Mutter.

這個小孩哭着去他媽媽那兒。

問題解答

句中用專色的部分叫做第一分詞，它在句中作狀語。幾乎所有的一分詞都是由動詞不定式加尾碼-d構成。構成一分詞的動詞weinen是主語das Kind發出的動作。

舉一反三

1. Er stand lange ________ am Fenster.
   他長久地站在窗前沉默不語。
2. Die Kinder zogen ________ durch die Straße.
   孩子唱着歌穿過大街。
3. Der Student kann ________ Deutsch sprechen.
   這個學生的德語說得很流利。
4. ________ grüsste der Gastgeber die Gäste.
   主人微笑着向客人們打招呼。
5. ________ ging er im Zimmer herum.
   他猶豫着在房間裏走來走去。
6. Monika und Kathrin kamen ________ zu mir.
   莫尼卡和卡特琳唱着歌朝我走來。

答案：1. schweigend 2. singend 3. fliessend 4. Lächelnd 5. Zögernd 6. singend

請指出下列句中用專色的部分作什麼成分。

Der im Klassenzimmer stehende Mann ist unser Lehrer.

那個站在教室裏的人是我們的老師。

問題解答

句中用專色的部分stehend為一分詞作定語。一分詞作定語時，和作定語的形容詞一樣要發生詞尾變化。

舉一反三

1. Übersetzen Sie ________ Sätze ins Chinesische!
   請將下列句子翻譯成中文！
2. Das war wirklich ein ________ Film.
   這確實是一部激動人心的電影。
3. Die ________ Landschaft in Guilin zieht Tausende von Touristen an.
   桂林迷人的風景吸引了成千上萬的遊客。
4. Er beschäftigt sich zur Zeit mit einer ________ Arbeit.
   他正從事一項艱苦的工作。
5. Dieser auf dem Sportplatz ________ Mann ist unser Sportlehrer.
   這個在操場上跑步的人是我們的體育老師。

答案：1. folgende　2. aufregender　3. reizende　4. anstrengenden　5. laufende

請指出下列句中用專色的部分作什麼成分。

Das Fussballspiel ist spannend.

這場足球比賽扣人心弦。

問題解答

句中的一分詞spannend作表語。作表語的一分詞和作表語的形容詞一樣，沒有詞尾變化。

舉一反三

1. Diese Krankheit ist ________.

   這是一種傳染性疾病。

2. Gestern waren alle Clubmitglieder ________.

   昨天所有的俱樂部成員都到場了。

3. Das Bedürfnis nach einem Meinungsaustausch wurde immer ________.

   對交換意見的需求越來越迫切。

4. Diese Konferenz war recht ________.

   這次大會意義重大。

5. Diese Massnahmen sind sehr ________.

   這些措施都很全面。

6. Diese Arbeit war ziemlich ________.

   這項工作很費力。

答案：1. ansteckend 2. anwesend 3. dringende 4. bedeutend 5. umfassend 6. anstrengend

請指出下列句中用專色的部分作什麼成分。

Die Zuschauer waren von der Veranstaltung begeistert.

活動讓觀眾們深受鼓舞。

問題解答

用專色的部分begeistert是二分詞作表語。二分詞除了用於完成時態和被動態外，還可以作表語用，這時，它可視作形容詞表語。一些常用的二分詞已經形容詞化了。

舉一反三

1. Die Sichuan-Küche schmeckt ________.
   川菜十分好吃。
2. Wir waren von seiner plötzlichen Ankunft ________.
   我們對他的突然到來感到吃驚。
3. Das Beispiel ist nicht ________.
   這個例子不恰當。
4. Das Tor ist ________.
   大門是開着的。
5. In diesem Punkt sind unsere Meinungen ________.
   在這一點上我們的意見不一致。

答案：1. ausgezeichnet 2. überrascht 3. geeignet 4. geöffnet 5. geteilt

請指出下列句中用專色的部分作什麼成分。

Der verlorene Ring ist wertvoll.

這隻丟失的戒指很貴重。

問題解答

用專色的部分verloren在句中是二分詞作定語。當二分詞由及物動詞構成，大多具有被動意義，但有的也表達主動意義，表示動作已經完成。二分詞作定語時和形容詞作定語一樣有詞尾變化。

舉一反三

1. Als ein ________ Mann muss er dieser Arbeit gewachsen sein.

   作為一個受過高等教育的人他一定能勝任這項工作。

2. Diese von den Kindern ________ Lieder sind alle von ihm komponiert.

   這些孩子們唱的歌都是由他譜曲的。

3. Nach einer 3-jährigen Lehre war er ein ________ Arbeiter.

   三年學徒期之後他成了一個熟練的工人。

4. Die ________ Diskussion soll fortgesetzt werden.

   被打斷的討論應該繼續下去。

答案：1. studierter 2. gesungenen 3. gelernter 4. unterbrochene.

請指出句中二分詞的動詞不定式和被修飾語之間的關係。

In der vergangenen Woche haben wir einige Städte besichtigt.

上周我們遊覽了幾個城市。

問題解答

句中二分詞的動詞不定式vergehen是被修飾語Woche發出的，(Die Woche ist vergangen.)，二分詞vergangen表示動作或過程已完成，並沒有被動的含義。一些用助動詞sein構成其完成時的動詞(瞬間性動作)，在它的二分詞作定語時，表示已完成的時間概念，而不表示被動。

舉一反三

1. Sie hat das ________ Kind ins Bett gelegt.
   她把睡着了的孩子放到床上去。
2. Die gerade ________ Gäste setzten sich ans Fenster.
   剛來的客人在窗邊坐下了。
3. Ich sah dem eben ________ Zug nach.
   我目送着剛開動的列車遠去。
4. Auf dem Tisch liegt ein gestern schon ________ Brief.
   桌上放着一封昨天就到了的信。

答案：1. eingeschlafene 2. angekommenen 3. abgefahrenen 4. eingetroffener

請問下列句中用專色的方向補足語能否省略。

Die ins Sprachlabor gegangenen Studenten sind von der ersten Klasse.

走進語音室的那些學生是一年級的。

問題解答

用專色的部分是動詞gehen支配的方向補足語，它不能省略，因為動詞gehen雖然在構成完成時時助動詞是sein，但它屬於持續概念，而非瞬間動作，所以它只有在有狀語搭配，表示動作已完成時才能作定語。這類動詞如：laufen、bleiben、reisen、schwimmen、kommen、fahren等。

舉一反三
（請替換）

1. Die Kinder, die zu Hause blieben, langweilten sich.
2. Die Delegation, die gestern nach China geflogen ist, bestand aus 15 Fachleuten.

答案：1. Die zu Hause gebliebenen Kinder langweilten sich.
呆在家裏的孩子們感到很無聊。
2. Die gestern nach China geflogene Delegation bestand aus 15 Fachleuten.
昨天飛往中國的代表團由十五名專家組成。

請指出下列句中用專色的二分詞作什麼成分。

Ich habe das Wörterbuch geschenkt bekommen.

這本書是別人送我的。

問題解答

句中的二分詞geschenkt作狀語，表示以別人贈送的方式得到這本字典。

舉一反三

1. Vater erzählte mir eine Abenteuergeschichte. Ich hörte ________ zu.
   爸爸給我講述一則冒險故事，我緊張地聽着。
2. Die alten Freunde unterhalten sich ________ miteinander.
   老朋友們高興地聊着天。
3. Die Partei A gab der Partei B den Vertrag ____ zurück.
   甲方把簽署了的合同交給了乙方。
4. Seinen Freunden gegenüber lacht er ________.
   在朋友面前他強顏歡笑。

答案：1. gespannt 2. vergnügt 3. unterzeichnet 4. gezwungen

請指出下列兩句話中用專色的部分的區別。

Der laufende Junge heisst Walter.

這個正在跑步的男孩叫瓦爾特。

Der aus dem Haus gelaufene Junge heisst Walter.

這個從房子裏跑出來的男孩叫瓦爾特。

問題解答

第一句中用專色的部分laufende是一分詞，表示正在跑步。而第二句中用專色的部分gelaufene是二分詞，它與方向補足語連用表示動作已經完成。

舉一反三

1. Das ________ Mädchen ist die Tochter eines Mu sikers.
   這個正在唱歌的女孩是一個音樂家的女兒。
2. Das ________ Kind liegt in der Wiege.
   這個熟睡的孩子躺在搖籃裏。
3. Die nach Tibet ________ Reisegruppe wurde von einem neuen Reiseleiter begleitet.
   這個飛往西藏的旅遊團是由一名新導遊陪同的。
4. Der ________ Zug verschwand in der Dunkelheit.
   行駛的列車消失在夜色中。

答案：1. singende 2. schlafende 3. geflogene 4. abgefahrene

請解釋下列句中用專色的部分的文法現象。

Das ist eine zu diskutierende Frage.

這是一個值得討論的問題。

問題解答

句中用專色的部分是由"zu+第一分詞+名詞"構成，相當於"sein+zu+動詞不定式"，即具有被動的含義，也就是說可以變為"Diese Frage ist zu diskutieren"。應注意的是，作定語的一分詞的詞尾變化不受zu的影響。

舉一反三
（請替換）

1. Die Erscheinung muss beachtet werden.
2. Das ist der Roman, der gelesen werden soll.
3. Das Problem ist zu lösen.
4. Das ist die Arbeit, die man noch erledigen muss.

答案：1. Das ist eine zu beachtende Erscheinung
這是一個必須重視的現象。
2. Das ist der zu lesende Roman.
這是一本應讀的小說。
3. Das ist ein zu lösendes Problem.
這是個有待解決的問題。
4. Das ist die noch zu erledigende Arbeit.
這還是一份必須完成的工作。

請指出下列句中用專色的名詞是怎麼變來的。

Ein Reisender fragt mich nach dem Weg.

一個旅遊者向我問路。

問題解答

句中用專色的部分der Reisende是由動詞reisen的一分詞reisend變來的，它可以解釋為“ein Mann，der reist”。這種現象叫做分詞作名詞用。由分詞變來的名詞要根據它前面的冠詞(定冠詞或不定冠詞)以及它在句中所作的成分發生詞尾變化，即按形容詞作名詞的特點進行變化。

舉一反三
(請替換)

1. Die Frau, die schläft, ist meine Tante.
2. Ein Mann, der verletzt worden ist, wurde ins Krankenhaus gebracht.
3. Die Frau, die angestellt worden ist, ist schon 30 Jahre alt.

答案：1. Die Schlafende ist meine Tante.
這個睡着的人是我姨媽。
2. Ein Verletzter wurde ins Krankenhaus gebracht.
一個受傷的人被送到醫院了。
3. Die Angestellte ist schon 30 Jahre alt.
這個女僱員已30 歲了。

請說出下列句中用專色的部分是哪類動詞。

Nach dem Abendessen machen wir oft einen Spaziergang.

我們晚飯後常去散步。

問題解答

句中用專色的動詞machen叫做功能動詞。這類動詞在作謂語時，必須與一個具有動詞性質的名詞構成短語結構，此時動詞已失去它的原有意義，在句中只具有文法功能。如句中的Spaziergang具有動詞意義，而machen 則只起功能動詞的作用。

舉一反三

1. Familie Kraus ________ ein glückliches Leben.
   克勞斯一家過着幸福的生活。
2. Nach der Arbeit hat er ein Bad ________.
   下班以後他洗了個澡。
3. Darf ich eine Frage ________?
   我能提個問題嗎？
4. Gestern hat Professor Wang im Hörsaal einen Vortrag ________.
   昨天王教授在大教室作了一個講座。

答案：1. führt　2. genommen　3. stellen　4. gehalten

請說出下列句中用專色的部分是哪類動詞。

Die Sitzung geht bald zu Ende.

會議就要結束了。

問題解答

句中用專色的動詞gehen叫功能動詞，它通過一個介詞zu與名詞Ende構成短語結構，名詞Ende具有動詞的意義。

舉一反三

1. Der Film ________ morgen zur Aufführung.

   這部電影明天上映。

2. Durch seinen Fleiss ist sein Wunsch in Erfüllung ________.

   通過努力他的願望得以實現。

3. Er ist in grosse Schwierigkeiten ________.

   他陷入了極大的困境。

4. Im Interview ________ die Berufsaussichten der Absolventen zur Sprache.

   在採訪中談到了畢業生的就業前景。

5. Das neue Gesetz ist im letzten Jahr in Kraft ________.

   這項新的法律自去年生效。

答案：1. kommt 2. gegangen 3. geraten/ gekommen 4. kamen 5. getreten

請說出下列句中用專色的部分的名稱。

Wir müssen die Arbeit so schnell wie möglich zum Schluss bringen.

我們必須盡快完成這項工作。

問題解答

句中用專色的部分bringen叫做功能動詞，它是及物動詞，支配一個名詞第四格die Arbeit和一個介詞短語zum Schluss。介詞短語帶起的名詞Schluss具有動詞的性質。

舉一反三

1. Wer hat dich in solche Wut ________?
   是誰惹你這樣生氣？
2. Er ist augenblicklich stark in Anspruch ________.
   他眼下很忙。
3. Wir müssen die Frage zur Diskussion ________.
   我們必須把這個問題提出來討論。
4. Das Feuer wurde von der Feuerwehr unter Kontrolle ________.
   火勢被消防隊控制住了。

答案：1. versetzt　2. genommen　3. stellen　4. gebracht.

請說出下列句中用專色的部分的名稱。

Kannst du mir etwas Gesellschaft leisten?

你能陪一下我嗎？

問題解答

句中用專色的部分leisten是功能動詞，它搭配了一個第三格賓語mir和一個第四格賓語Gesellschaft。第四格賓語Gesellschaft具有動詞的性質。

舉一反三

1. Der Ausflug hat mir viel Spass ________.
   這次郊遊使我很開心。
2. Leider kann ich dir keine ausführliche Antwort ________.
   很遺憾，我不能給你詳細的回答。
3. Wären Sie so nett, mir einen Vorschlag zu ________?
   您能給我一個建議嗎？
4. Die reiche Ernte dieses Jahres hat den Bauern grosse Freude ________.
   今年收成好，農民很高興。
5. Beim Umzug haben mir meine Freunde grosse Hilfe ________.
   搬家時朋友們幫了我很大的忙。

答案：1. gemacht 2. geben 3. machen 4. gemacht 5. geleistet

請回答下列句中用專色的部分表示什麼語態。

Hätten Sie heute Zeit, mit mir ins Kino zu gehen?
您今天有時間和我去看電影嗎？

問題解答

用專色的部分hätten是動詞haben的第二虛擬式，表示客氣委婉的語氣。除此之外它還可以表示假設或非現實的願望。動詞haben和sein的第二虛擬式由其過去時詞幹元音變音構成。

舉一反三

1. Ich ________ gern eine Tasse Kaffee.
   我想要一杯咖啡。
2. ________ du bitte so nett, mir etwas Gesellschaft zu leisten?
   你能陪陪我嗎？
3. Der Unfall ________ nicht passiert, wenn du bei Rot gewartet ________.
   要是你在紅燈的時候等一下，那麼車禍就不會發生了。
4. Wenn ich viel Geld gehabt ________, ________ ich schon um die Welt gereist.
   要是從前我有很多錢，我就環遊過世界了。

答案：1. hätte　2. Wärst　3. wäre, hättest　4. hätte, wäre

請問下列句中用專色的部分是什麼語態。

Ich würde Ihnen das China-Restaurant empfehlen.

我想給你們推薦這家中餐館。

問題解答

句中用專色的部分würden是動詞werden的第二虛擬式。大部分動詞的第二虛擬式通常是由würden+動詞不定式的形式替代。此時它表示委婉客氣的語氣，同樣它也可以表示假設。

舉一反三

1. Ich ________ mich freuen, wenn du jetzt bei mir wärst.

   如果你現在在我這兒的話，我會很高興的。

2. Morgen besichtigen wir die Grosse Mauer. ________ Sie mitkommen?

   明天我們去長城。您想一塊兒去嗎？

3. Ich ________ gern auf dem Land wohnen.

   我想住在鄉下。

4. ________ du mir mal beim Deutschlernen helfen?

   你能幫助我學德語嗎？

5. ________ Sie so nett sein, mich etwas über das Schulsystem in Deutschland zu informieren?

   您能給我介紹一下德國的學校體制嗎？

答案：1. würde　2. Würden　3. würde　4. Würdest　5. Würden

請問下列句中用專色的部分是什麼語態。

Könnten Sie mir den Notizblock auf dem Tisch geben?

您能把桌上的記事本遞給我嗎？

問題解答

könnten是情態動詞können的第二虛擬式，表示委婉的語氣。情態動詞第三人稱單數的第二虛擬式由情態動詞詞幹加詞尾-te構成。

舉一反三

1. ________ ich Sie bitten, mir Prospekte für Reise nach Spanien zu geben?
   能麻煩您給我有關西班牙旅遊的宣傳冊嗎?
2. Du ________ weniger rauchen und trinken.
   你應該少抽煙，少喝酒。
3. Sie haben Fieber und ________ zum Arzt gehen.
   您發燒了，得去看醫生。
4. Ich fühlte mich nicht wohl und ________ nach Hause.
   我覺得不太舒服，想回家。
5. Herr Holz hatte angerufen. Sie ________ doch zurückrufen.
   霍爾茨先生打過電話來，要您回電話。

答案：1. Dürfte　2. solltest　3. müssten　4. wollte　5. sollten

請問句中用專色的部分是哪個動詞的第二虛擬式。

Ich würde lieber in der Stadt leben, weil ich dort leichter eine Stelle fände.

我想在城裏生活，因為在那兒我更容易找到一份工作。

問題解答

fände是動詞finden的第二虛擬式，表假設。動詞finden屬於過去時變化不規則的動詞，它的第二虛擬式常單獨使用；而規則動詞如leben的第二虛擬式lebte則更多地用würde形式代替。值得注意的是，主句和從句中würden一般不同時出現。

舉一反三

1. Er würde lieber im Studentenheim leben, weil er dort mehr Freunde ________.
   想搬到學生宿舍去，因為他在那兒可以認識更多的朋友。
2. Ich würde gerne ins Kino gehen, wenn morgen ein guter Film ________.
   如果明天放好看的電影，我想去看。
3. Ich würde mich freuen, wenn ich einen Kassettenrekorder geschenkt ________.
   要是誰能送我一個答錄機，我會很高興。

答案：1. fände　2. liefe　3. bekäme

請問下列句子表達了什麼樣的語氣。

Hätten wir morgen doch keinen Unterricht!

Wenn wir morgen doch keinen Unterricht hätten!

要是明天我們沒有課就好了！

問題解答

這兩句話都通過第二虛擬式表達了一種非現實的願望，表示"要是怎樣就好了"。兩句話雖然形式不同，但都表達了同一種語氣，都須加小品詞doch、nur或bloss來加強語氣。

舉一反三
（請翻譯）

1. 我要是以前用功一點就好了！
2. 要是貓沒有吃過這條壞了的魚就好了！
3. 要是我們去西班牙度假該多好啊！
4. 我希望現在能和朋友們一塊兒聽音樂會，但我卻得工作。
5. 這一切要是沒有發生該多好啊！

答案：1. Wäre ich bloss fleissiger gewesen!
2. Hätte die Katze den verdorbenen Fisch doch nicht gegessen!
3. Würden wir doch in Spanien unseren Urlaub machen!
4. Ich wünschte, dass ich jetzt mit den Freunden das Konzert hörte. Aber ich muss noch arbeiten.
5. Wäre alles nur nicht passiert!

請問下列兩句中用專色的部分表達了什麼意思。

Er redet so, als ob er gar nichts davon wüsste.

Er redet so, als wüsste er gar nichts davon.

他說起來就好像他對此一無所知。

問題解答

句中用專色的部分als ob和als表達的意思是“就好像”，後跟動詞的第二虛擬式，表示他有可能知道有關此事的情況。als ob和動詞虛擬式構成框形結構，而als則引起主謂倒裝。

舉一反三

1. Er machte den Eindruck, ________ ________er die Wahrheit gesagt ________.

   他給人的印象是他講的是實情。

2. Sie sieht aus, ________ ________ sie schwer krank.

   她看起來就好像得了重病一樣。

3. Ich fühle mich hier so wohl, ________ ________ ich zu Hause ________.

   我在這兒感覺很舒服，就好像在家一樣。

4. Der Junge benimmt sich, ________ ________ er ein Erwachsener ________.

   這個男孩的舉止就像個大人似的。

答案：1. als ob, hätte 2. als, wäre 3. als ob, wäre 4. als ob, wäre

請問下列句中用專色的部分是動詞的第幾虛擬式。

Er sagte, dass er heute Abend keine Zeit habe. Er sei verabredet.

他說他今晚沒時間，已經有約會了。

問題解答

用專色的部分habe和sei分別是動詞haben和sein第一虛擬式第三人稱變位。動詞的第一虛擬式用於轉述別人的話，它是由動詞詞幹和人稱詞尾構成。除了sein外，其餘所有動詞、情態動詞和助動詞的人稱詞尾變化均與haben變化規則相同。從句的時態不受主句時態的影響。由於針對wir、Sie和第三人稱複數sie的動詞第一虛擬式和其現在時變位形式相同，所以在使用時常常用其第二虛擬式代替。

舉一反三

1. Sie sagte, dass sie sehr müde ________ und ins Bett gehen ________.

   她說她很累，想上床睡覺。

2. Sie haben geschrieben, dass sie nächste Woche zu uns ________ ________.

   他們來信說他們下星期來我們這兒。

3. Er sagte, dass es seiner Frau gut ________.

   他說他太太很好。

答案：1. sei, wolle　2. kommen, würden　3. gehe

請問下列句中用專色的部分可以用什麼從句替換。

Ohne deine Hilfe hätte ich mein Ziel nicht erreichen können.

沒有你的幫助我實現不了我的目標。

問題解答

句中用專色的介詞短語可以用條件從句wenn du mir nicht geholfen hättest替換。

舉一反三
(請替換)

1. Wenn es nicht so viele Autos gäbe, wäre die Luft bestimmt besser.
2. Wenn ich nicht genug Geld hätte, könnte ich das Haus nicht bauen.
3. Wenn wir ihn nicht unterstützen, kann er seine Arbeit nicht fortsetzen.

答案：1. Ohne die vielen Autos wäre die Luft bestimmt besser.
如果沒有那麼多汽車空氣一定好得多。
2. Ohne genügend Geld könnte ich das Haus nicht bauen.
沒有足夠的錢我就不能修房子。
3. Ohne unsere Unterstützung kann er seine Arbeit nicht fortsetzen.
如果我們不支援他，他就不能繼續工作。

請問下列句中用專色的動詞支配什麼介詞。

Er denkt oft an seine Eltern.

他經常想他的父母。

問題解答

句中用專色的動詞denken支配介詞an(A)。德語中許多動詞要和一個固定的介詞搭配，介詞支配一定格的賓語，構成介詞賓語。支配介詞an(A)的動詞如：glauben、schreiben、sich wenden、sich gewöhnen、sich erinnern等。

舉一反三

1. Ich ________ oft an meine Schwester.
   我經常給我妹妹寫信。
2. Du kannst dich ruhig an mich ________, wenn du Pobleme hast.
   你有什麼困難可以來找我。
3. Ich ________ mich oft an die Reise im letzten Jahr.
   我常常回憶去年的那次旅遊。
4. Ich kann mich an das Klima nicht ________.
   我習慣不了這種氣候。

答案：1. schreibe　2. wenden　3. erinnere　4. gewöhnen

請問下列句中用專色的動詞支配什麼介詞。

Er hat an dem Sportfest teilgenommen.

他參加了運動會。

問題解答

句中用專色的動詞teilnehmen支配介詞an(D)。支配介詞an(D)的動詞如：leiden、mangeln、sich beteiligen、erkennen、arbeiten、zweifeln、sterben等。

舉一反三

1. Er hat sich an der Diskussion ________.
   他參加了我們的討論。
2. Ich habe ihn gleich an seiner Stimme ________.
   我立刻就從聲音聽出是他了。
3. Der Maler ________ an einem Bild.
   這個畫家正在畫一幅畫。
4. Ich ________ nicht am Gelingen des Planes.
   我不懷疑計劃能成功。
5. Bei uns ________ es an nichts.
   我們什麼也不缺。
6. Er ________ seit langem an Schlaflosigkeit.
   他長期失眠。

答案：1. beteiligt 2. erkannt 3. arbeitet 4. zweifle 5. mangelt 6. leidet

請問下列句中用專色的動詞支配什麼介詞。

Der Schüler konnte auf die Frage der Lehrerin nicht antworten

這個學生回答不了老師的問題。

問題解答

句中用專色的動詞antworten支配介詞auf(A)。能支配auf(A)的動詞如：folgen、reagieren、sich vorbereiten、warten、verzichten、ankommen、sich konzentrieren、aufpassen等。

舉一反三

1. Auf wen ________ du?
   你在等誰？
2. Herr Schmidt ________ sich auf die Sitzung vor.
   施密特先生在為會議做準備。
3. Sie hat auf ihre Arbeit ________, um auf ihr Kind ________.
   為了照顧孩子她放棄了工作。
4. Das Kind kann sich gar nicht auf seine Arbeit ________.
   這個小孩根本不能集中精力做作業。
5. Er hat auf meine Frage überhaupt nicht ________.
   他對我的問題毫無反應。

答案：1. wartest 2. bereitet 3. verzichtet, aufzupassen 4. konzentrieren 5. reagiert

請問下列句中用專色的動詞支配什麼介詞。

Das Leben besteht nicht nur aus Arbeit.

生活不僅是工作。

問題解答

句中用專色的動詞bestehen支配介詞aus(D)。能支配介詞aus(D)的動詞如：sich zusammensetzen、werden、sich ergeben、übersetzen、sein等。

舉一反三

1. Die Uhr ________ aus vielen Einzelteilen.
   鐘錶由多種零件組成。
2. Aus diesem Kind kann etwas ________.
   這個孩子將來會有出息。
3. Das Buch wurde aus dem Deutschen ________.
   這本書是從德語翻譯過來的。
4. Die Tür ________ aus Metall.
   這扇門是金屬製成的。
5. Daraus ________ sich viele Möglichkeiten.
   由此產生出很多可能性。
6. Er ________ aus Österreich.
   他是奧地利人。

答案：1. besteht 2. werden 3. übersetzt 4. besteht 5. ergeben 6. ist/ kommt

請問下列句中用專色的動詞支配什麼介詞。

Hans half der alten Frau beim Einsteigen.

漢斯幫助這個老太太上車。

問題解答

句中用專色的動詞helfen支配介詞bei(D)。能夠支配介詞bei (D) 的動詞如：sich entschuldigen、sich erkundigen、sich bedanken、mitwirken、sich beschweren等。

舉一反三

1. Ich habe mich sofort bei ihm ________.
   我立刻向他道了歉。
2. Er ________ sich bei mir nach deiner Telefonnummer.
   他向我打聽過你的電話號碼。
3. Wir haben bei der Veranstaltung von gestern Abend ________.
   我們都參加了昨晚的集會。
4. Die Arbeiter ________ sich bei dem Direktor über die schlechten Arbeitsbedingungen.
   工人們向廠長抱怨工作條件太差。
5. Ich habe mich bei ihm ________.
   我已經向他致謝了。

答案：1. entschuldigt 2. erkundigte 3. mitgewirkt 4. beschwerten 5. bedankt

請問下列句中用專色的動詞支配什麼介詞。

Ich interessiere mich gar nicht für Sport.

我對體育毫無興趣。

問題解答

句中用專色的動詞sich interessieren支配介詞für(A)。能支配für的動詞如：sorgen、sich entscheiden、eintreten、halten、kämpfen、stimmen、sich eignen、gelten等。

舉一反三

1. Er ________ sich bestimmt für diesen Beruf.
   他一定合適做這個工作。
2. Das Gesetz ________ für das ganze Land.
   這項法律適用於全國。
3. Er ________ sich für den Beruf des Journalisten.
   他選擇了記者這個職業。
4. Ich ________ sie für meine beste Freundin.
   我把她看作我最好的朋友。
5. Er ________ nur für sich.
   他只關心他自己。
6. Er ist sehr für mich ________.
   他竭力為我說話。

答案：1. eignet　2. gilt　3. entscheidet　4. halte　5. sorgt　6. eingetreten

請問下列句中用專色的動詞支配什麼介詞。

Die Arbeiter protestieren gegen die schlechten Arbeitsbedingungen.

工人們抗議工作條件太差。

問題解答

句中用專色的動詞protestieren支配介詞gegen(A)。能支配介詞gegen的動詞如：sich entscheiden、stimmen、kämpfen、verstossen、tauschen等。

舉一反三

1. Ich ________ mich gegen die Arbeit bei Siemens.
   我決定不去西門子工作。
2. Der Kahn ________ gegen den Sturm.
   小船和風暴搏鬥。
3. Er hat gegen die Gesetze ________.
   他的行為觸犯了法律。
4. Ich ________ gegen diesen neuen Plan.
   我投了票反對這項新的計劃。
5. Ich möchte das Zimmer gegen ein kleineres ________.
   我想用這間屋子換成一間較小的。

答案：1. entscheide 2. kämpfte 3. verstossen 4. stimmte 5. tauschen

請問下列句中用專色的動詞支配什麼介詞。

Übersetzen Sie bitte den Satz ins Deutsche.

請將這句話翻譯成德語。

問題解答

句中用專色的動詞übersetzen支配in(A)。能夠支配介詞in(A)的動詞如：sich verlieben、geraten、sich vertiefen、teilen、verwandeln、sich einführen等。

舉一反三

1. Er ________ sich immer noch in die Arbeit.
   他還在埋頭苦幹。
2. Die Mutter hat den Apfel in vier Stücke ________.
   媽媽將一個蘋果分成了四塊。
3. Er ist in finanzielle Probleme ________.
   他陷入了經濟困境。
4. Er hat sich leidenschaftlich in sie ________.
   他狂熱地愛上了她。
5. Das Hotelzimmer ________ sich in ein Büro.
   這間酒店房間被改成了辦公室。

答案：1. vertieft 2. geteilt 3. geraten 4. verliebt 5. verwandelte

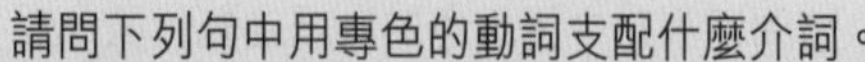

請問下列句中用專色的動詞支配什麼介詞。

Ich konnte mich mit den Deutschen sehr gut verständigen.

我能夠很好的和德國人溝通。

問題解答

句中用專色的動詞sich verständigen支配介詞mit(D)。能夠支配介詞mit的動詞如：sich verstehen、sich beschäftigen、sich unterhalten、rechnen、anfangen、beginnen、verabreden、aufhören、vergleichen等。

舉一反三

1. Um 9 Uhr ________ wir mit der Sitzung.
   九點鐘我們開始開會。
2. Zur Zeit ________ er sich mit der deutschen Sprache.
   最近他在鑽研德語。
3. Ich habe mich mit ihm im Klassenzimmer ________.
   我和他約好在教室見面。
4. Er ________ mit seinem Erfolg.
   他指望能成功。
5. Mein Vater hat mit dem Rauchen ________.
   我父親已經戒煙了。

答案：1. beginnen　2. beschäftigt　3. verabredet　4. rechnet　5. aufgehört

請問下列句中用專色的動詞支配什麼介詞。

Ich frage meine Eltern nach ihrer Meinung.

我徵求我父母的意見。

問題解答

句中用專色的動詞fragen支配介詞nach(D)。能夠支配介詞nach(D)的動詞如：forschen、sich erkundigen、riechen、streben、sich sehnen、sich richten 等。

舉一反三

1. Hier ________ es nach Gas.

   這兒有煤氣味兒。

2. Er ________ sich nach seinem Vaterland.

   他懷念他的祖國。

3. Der Mann ________ sich bei mir nach deiner Adresse.

   那個人向我打聽了你的地址。

4. In der Not ________ er noch unaufhörlich nach seinem Ideal.

   在困境中他還不斷追求他的理想。

5. Die Polizei ________ nach dem Täter.

   警察正在搜捕罪犯。

答案：1. riecht 2. sehnt 3. erkundigte 4. strebt 5. sucht

請問下列句中用專色的動詞支配什麼介詞。

Wir bemühen uns um eine gute Leistung.

我們努力取得好成績。

問題解答

句中用專色的動詞sich bemühen支配介詞um(A)。能支配介詞um(A)的動詞如：bitten、sich kümmern、sich bewerben、sich drehen、sich sorgen、kämpfen等。

舉一反三

1. Das Volk ________ um die Freiheit.

   人民為自由而戰。

2. Er ________ den Chef um Entschuldigung.

   他向上司請求原諒。

3. Mit guten Noten kann man sich um das Stipendium ________.

   考試成績好就能夠申請獎學金。

4. Ich ________ mich um seine Gesundheit.

   我為他的健康擔心。

5. Sie hat sich nie um Politik ________.

   她從來不關心政治。

答案：1. kämpfte 2. bittet 3. bewerben 4. sorge 5. gekümmert

請問下列句中用專色的動詞支配什麼介詞。

Er verfügt über reiche Erfahrungen.

他有豐富的經驗。

問題解答

句中用專色的動詞verfügen支配介詞über(A)。能支配über(A)動詞如：sich ärgern、diskutieren、sich freuen、sich unterhalten、sich aufregen、staunen、Bescheid wissen、berichten、lachen、sich beklagen等。

舉一反三

1. Worüber ________ ihr gerade?
   你們在討論什麼？
2. Ich glaube, er hat sich über mich ________.
   我想，他生我的氣了。
3. Die Eltern ________ sich über den Lärm ________.
   父母對噪音很惱火。
4. Ich ________ über seinen Mut.
   我對他的勇氣感到驚訝。
5. Alle ________ über ihn.
   所有人都取笑他。

答案：1. diskutiert　2. geärgert　3. regten, auf　4. staune　5. lachen

請問下列句中用專色的動詞支配什麼介詞。

Sein Glück hängt ganz von dir ab.

他的幸福完全取決於你。

問題解答

句中用專色的動詞abhängen支配介詞von(D)。能支配介詞von(D)的動詞如：absehen、befreien、halten、sprechen、sich verabschieden、leben、träumen、verlangen、reden、erwarten等。

舉一反三

1. Der Arzt hat mich von dem Leiden ________.
   醫生解除了我病痛。
2. Am Bahnhof hat er sich von mir ________.
   在車站他向我告別。
3. Der Junge ________ vom Vater 50 DM.
   兒子向父親要五十馬克。
4. Gestern Nacht hat Franz von der Reise ________.
   昨天夜裏弗朗茨夢見他去旅遊。
5. Was ________ du von dieser Firma?
   你對這家公司有什麼期望？

答案：1. befreit 2. verabschiedet 3. verlangt 4. geträumt 5. erwartest

請問下列句中用專色的動詞支配什麼介詞。

Wir sollen die Tiere vor dem Verhungern schützen.

我們應該防止動物被餓死。

問題解答

句中用專色的動詞schützen支配介詞vor(D)。能支配介詞vor (D)的動詞如：sich fürchten、erschrecken、fliehen、sich schämen、warnen、sich scheuen 等。

舉一反三

1. Der Rundfunk ________ vor dem Sturm.
   電台發出大風警報。
2. Der Junge ________ sich vor nichts.
   這個男孩兒什麼都不怕。
3. Sie ________ immer vor ihm.
   她總是遠遠的躲着他。
4. Das Kind ________ sich davor, seinen Eltern die Wahrheit zu sagen.
   這個孩子不敢對父母講真話。
5. Wegen der Niederlage ________ sich der Sportler vor seinem Trainer.
   失敗後這個運動員在教練面前無地自容。

答案：1. warnt 2. fürchtet 3. flieht 4. scheute 5. schämte

請問下列句中用專色的動詞支配什麼介詞。

Er zählt zu den berühmtesten Ärzten des Landes.

他是這個國家最著名的醫生之一。

問題解答

句中用專色的動詞zählen支配介詞zu(D)。能夠支配介詞zu(D)的動詞如：gehören、neigen、zwingen、beitragen、dienen、führen、gelingen、meinen、passen、rechnen、sich entwickeln、gratulieren等。

舉一反三

1. Die Werkstatt hat sich allmählich zu einem Grossunternehmen ________.

   這家小作坊逐步發展成了一家大公司。

2. Er ist schwach und ________ zur Erkältung.

   他身體虛弱，容易感冒。

3. Die Mitwirkung des Experten hat zur Lösung der Probleme ________.

   這位專家的參與有助於問題的解決。

4. Die zu schnelle Entwicklung ________ zu vielen Problemen.

   發展太快會帶來很多問題。

答案：1. entwickelt　2. neigt　3. beigetragen　4. führt

請問下列句中用專色的動詞意思有何區別。

Wer sorgt für den Kranken?

誰來照顧這個病人。

Wir sorgen uns um seine Gesundheit.

我們很擔心他的健康。

問題解答

第一句中的動詞sorgen作為不及物動詞，它支配介詞für(A)，意為"照顧、關心、照料"，此外，sorgen für還可以表示"負擔某事，辦某事"；而第二句中的動詞sorgen作為反身動詞，支配介詞um(A)，表示"擔憂，擔心"。

舉一反三
（請翻譯）

1. 你不必為此擔心。
2. 貝爾格先生還得照顧他的家庭。
3. 請您叫一輛計程車來！
4. 人們必須特別照顧老人和孩子。
5. 他擔心他的朋友。

答案：1. Darum brauchst du dich nicht zu sorgen.
2. Herr Berger muss noch für seine Familie sorgen.
3. Sorgen Sie für ein Taxi!
4. Man muss für Kinder und Alte besonders sorgen.
5. Er sorgte sich um seinen Freund.

請解釋下列兩句中用專色的介詞為何不同。

Wir freuen uns schon auf die Reise in der nächsten Woche.

我們已經期待着下周的旅行了。

Der Lehrer freut sich über die gute Leistung des Schülers.

老師對這個學生的好成績感到很高興。

問題解答

反身動詞freuen在第一句中搭配的介詞為auf(A)，表示期待還未發生的事；而第二句搭配的介詞為über(A)，表示對已經發生的事感到高興。

舉一反三

1. Ich freue mich schon lange ________ deinen Besuch.
   我早就盼着你來了。
2. Wir freuen uns alle ________ diese gute Nachricht.
   我們都對這個好消息感到很高興。
3. Er hat sich sehr ________ den Erfolg seines Sohnes gefreut.
   他兒子的成就使他感到很欣慰。
4. Die Schüler freuen sich ________ die Ferien.
   學生們都盼着放假。

答案：1. auf　2. über　3. über　4. auf

請問下列兩句中用專色的動詞在用法上有何不同。

Ich muss meine Eltern am Bahnhof abholen.

我得去車站接我父母。

Er holt ein Buch vom Regal.

他正在從書架上取書。

問題解答

動詞abholen表示在某處接某人，從某處取走某物。而holen則表示取某物這個動作，不強調從某處取走。

舉一反三

1. Er hat ein Paket auf der Post ________.
   他從郵局取出包裹。
2. Vater hat Bier aus dem Keller ________.
   爸爸從地下室取出啤酒。
3. ________ wir mit dem Auto Herrn Wang ________!
   我們用汽車去接王先生吧!
4. Das Kind ________ seinem Vater ein Magazin.
   這個孩子給父親取來了一本雜誌。
5. Um 6 Uhr wird er mich zum Essen ________.
   六點鐘他要來接我吃飯。

答案：1. abgeholt　2. geholt　3. Holen, ab　4. holte　5. abholen

請問下列句中用專色的動詞的用法有何不同。

Kennst du ihn?

你認識他嗎？

Natürlich. Ich habe ihn letztes Jahr auf einer Party kennengelernt.

當然，我是在去年的一次晚會上認識他的。

問題解答

第一句話中動詞 kennen 的意思是“認識”，表達認識這種狀態。而第二句話中動詞 kennenlernen 則表示“結識”，是一個一次性的動作，即從不認識到認識的轉變。kennen可以搭配持續性的時間説明語，而kennenlernen則只能搭配一個時間點。

舉一反三

1. Ich ________ Hans seit Jahren

   我認識漢斯多年了。

2. Schon vor zehn Jahren haben wir uns ________.

   十年之前我們就認識了。

3. Ich ________ ihn nicht persönlich, aber ich möchte ihn mal ________.

   我不認識他本人，但我很想結識他。

答案：1. kenne 2. kennengelernt 3. kenne, kennenlernen

請問下列兩句中用專色的部分表達的意思有何不同。

Kennst du das Mädchen da?

你認識那個女孩嗎？

Nein. Ich weiss nur, dass sie gut tanzen kann.

不認識。我只知道，她的舞跳得很好。

問題解答

第一句話中的動詞kennen指"認識，熟知"；而第二句話中的動詞wissen則表示"知道，但並不熟知"，它常和介詞von(D)和über(A)搭配，表示知道有關什麼的情況。

舉一反三

1. Peter ________ nur seine Arbeit. Vom Leben ________ er aber zu wenig.
   彼得只懂得工作，而他對生活知道得太少。
2. ________ du das Restaurant in der Nähe der Hochschule?
   你熟悉學校附近的這家餐館嗎？
3. ________ du, ob es hier in der Nähe der Hochschule ein Restaurant gibt?
   你知道學校附近是否有餐館？
4. Du ________ ihn aber schlecht!
   你太不瞭解他了！

答案：1. kennt, weiss　2. Kennst　3. Weißt　4. kennst

請問下列句中用專色的動詞有何不同。

Er gehört zu unserer Mannchaft.

他屬於我們隊。

Die Tasche gehört mir.

這個公事包是我的。

Er gehört der Partei nicht an.

他不是黨員。

問題解答

第一句中用專色的部分的動詞gehören zu和第二句中的gehören都是“屬於”，但他們的區別在於：gehören zu指屬於某一類，是成員之一；而gehören(D)則指從屬於某人，說明所有權的歸屬；angehören(D)則表示屬於某一黨派及團體。

舉一反三

1. Das Buch ________ der Bibliothek.

   書是圖書館的。

2. Er ________ unseren besten Freunden.

   他屬於我們最好的朋友。

3. Er ________ dem Präsidium ________.

   他是主席團的成員。

答案：1. gehört 2. gehört zu 3. gehört, an

請比較下列兩句中用專色的動詞。

Die Hose ist zu lang. Ich muss sie ändern lassen.

這條褲子太長了，我得去找人改一下。

Die Erlebnisse der letzten Zeit haben ihn sehr verändert.

這一段時間的經歷使他完全變了個樣。

問題解答

兩句中用專色的部分都有"改變"的意思，它們的區別在於：第一句中的ändern強調非整體的，局部的改變，改動；而第二句中的verändern則強調改變大，徹底改變，變樣。

舉一反三

1. In den letzen Jahren hat sich das Dorf sehr ________.
   近年來這個村子變化很大。
2. Warum hast du deinen Standpunkt ________?
   你為什麼改變你的立場？
3. Die Zeiten haben sich ________.
   時代變了。
4. Seit dem Unglück ist er im Wesen ganz ________.
   自從不幸發生後，他完全變了。
5. Der Termin ist nicht zu ________.
   約定的日期是不能改變的。

答案：1. verändert 2. geändert 3. geändert 4.verändert 5. ändern

請指出下列兩句中用專色的動詞的用法有何不同。

Mit wem hast du gestern Abend telefoniert?

你昨天晚上和誰打電話？

Mit meinem Bruder. Er hatte mich schon lange nicht angerufen.

和我兄弟。他很久沒給我來電話了。

問題解答

兩句中用專色的部分都是"打電話"的意思，它們的區別在於：telefonieren表示一種狀態，和介詞mit(D)搭配，表示"與某人打電話"；而anrufen則表示動作，作及物動詞，與名詞第四格連用，或作不及物動詞，與介詞bei(D)連用，表示"給某人打電話"。

舉一反三

1. Ich habe mindestens dreimal bei dir ________.
   我至少給你打了三次電話。
2. Er hat gestern nach Köln ________.
   他昨天給科隆打了電話。
3. Er hat lange mit seiner Freundin ________.
   他和他女朋友打了很久的電話。
4. Können Sie bitte die Auskunft ________?
   您能給問訊處打個電話嗎？

答案：1. angerufen　2. angerufen　3. telefoniert　4. anrufen

請指出下列兩句中用專色的動詞用法有何不同。

Er betrachtet mich von oben bis unten.

他上下打量着我。

Der Junge beobachtet, wie sein Bruder Fussball spielt.

這個男孩觀察他哥哥怎樣踢足球。

問題解答

兩句中的動詞都有“觀察”的意思，它們的區別在於：betrachten表示觀察處於靜止狀態的事物；而beobachten則表示觀察處於動態的事物。此外，betrachten還可以和als連用，表示“視為、當作、看作”。

舉一反三

1. Sie hat dieses Gemälde stundenlang ________.
   她數小時之久地看着這幅畫。
2. Ich ________ ihn als meinen besten Freund.
   我把他看作我的好朋友。
3. Die Soldaten ________ die Bewegung des Feindes.
   士兵們觀察着敵人的行動。
4. Er wurde von der Polizei scharf ________.
   他被警察嚴密地監視起來了。

答案：1. betrachtet　2. betrachte　3. beobachten　4. beobachtet

請區別下列兩句中用專色的動詞。

Sie hat letztes Jahr einen Arzt geheiratet.

他去年和一個醫生結了婚。

Sie ist mit einem Arzt verheiratet.

他和一個醫生結了婚。

問題解答

兩句話中的動詞都是“結婚”的意思，它們的區別在於：heiraten 可作及物動詞，直接跟第四格賓語表示“嫁給誰，娶誰”，強調結婚的行為，搭配時間點；而verheiraten的二分詞verheiratet常用於狀態被動態，表示婚姻狀況，常搭配時間段，它還可用作及物動詞表示“將某人嫁給誰”。

舉一反三

1. Sie ist unglücklich ________.

   她婚後不幸。

2. Er hat seine Tochter mit einem Kaufmann ________.

   他把女兒嫁給了一個商人。

3. Erst mit 50 Jahren hat er ________.

   他五十歲才結婚。

4. Seit 20 Jahren sind sie ________.

   他們結婚二十年了。

答案：1. verheiratet 2. verheiratet 3. geheiratet 4. verheiratet.

請指出下列兩句中用專色的動詞用法有何不同。

Sein Sohn lernt in der Schule fleissig.

他兒子在學校裏很努力。

Er hat an der Universität Bonn studiert.

他在波恩大學上過大學。

問題解答 兩句話中的用專色的部分動詞都有"學習"的意思，它們的區別在於：lernen用於中、小學學習以及通過其他途徑獲得知識；而studieren則表示在高等院校學習或強調對某一門學科進行深入研究，此外，它還有仔細閱讀觀察的意思。

舉一反三

1. Das Kind ________ laufen.
   這個小孩在學走路。
2. Meine Schwester ________ an der Universität Leipzig Biologie.
   我姐姐在萊比錫大學學生物。
3. Ein voller Bauch ________ nicht gern.
   飽食者不思學。
4. Ich habe viel von ihm ________.
   我從他那兒學到了很多東西。

答案：1. lernt 2. studiert 3. studiert 4. gelernt

請區別下列句中用專色的兩個部分。

Das Kleid passt ihr gut, und die Farbe passt auch zu ihr.
這件連衣裙她穿着很合適，顏色也挺適合她。

問題解答

句中用專色的部分passen和passen zu的區別在於：passen作為不及物動詞搭配第三格賓語，表示合適；而passen和介詞zu(D) 搭配表示和某人或某物相配，適宜。

舉一反三

1. Es ________ mir am Montag nicht.
   星期一對我來説不合適。
2. Sein Benehmen ________ mir schon lange nicht.
   他的行為我早就看不順眼了。
3. Der Schal ________ dem Mantel.
   這條圍巾和大衣相配。
4. Die Schuhe ________ gut.
   這雙鞋很合適。
5. Der Hut ________ ihr.
   這帽子適合她。

答案：1. passt 2. passt 3. passt zu 4. passen 5. passt zu

請指出下列句中用專色的動詞的異同。

Die Touristen haben die Kirche besichtigt/ besucht.

遊客參觀了教堂。

Gestern habe ich meinen Onkel besucht.

昨天我去看望了我的叔叔。

問題解答

besuchen和besichtigen兩個動詞在第一句話中的意思大致相同，表示“參觀”，只是besuchen強調參觀的目的性，而besichtigen強調觀賞、觀看。在第二句話中只能用besuchen，它除了參觀之外還可表示拜訪某人，有目的的訪問某地及用於上學、看電影等。

舉一反三

1. Gestern Abend haben wir ein Konzert ________.
   昨天晚上我們去聽了音樂會。
2. Die ausländischen Gäste ________ die Grosse Mauer.
   外國客人正在參觀長城。
3. ________ wir heute Professor Wang?
   我們今天去拜訪王教授嗎？
4. Meine Tochter ________ noch die Schule.
   我女兒還在上小學。

答案：1. besucht; 2. besuchen/ besichtigen; 3. Besuchen 4. besucht

請比較下列句中用專色的兩個動詞用法有何不同。

Was möchten Sie kaufen?

您想買什麼？

Wir sind in die Stadt einkaufen gefahren.

我們進城買東西去了。

問題解答

兩個動詞都表示買東西，但kaufen必須要跟第四格賓語(指小的或數量少的東西)；而einkaufen的第四格賓語一般是指大件的東西，它更多的是與gehen、fahren連用，表示採購行為。

舉一反三

1. Helga möchte etwas ________.
   赫爾迦想買些東西。
2. Im letzten Monat hat die Familie Schurz eine Waschmaschine ________.
   上個月舒爾茨家買了一台洗衣機。
3. Sie ________ eine schwarze Hose.
   她買一條黑褲子。
4. Wann gehen deine Eltern ________?
   你父母什麼時候購物？

答案：1. kaufen/ einkaufen 2. gekauft 3. kauft 4. einkaufen

請比較下列句中用專色的兩個動詞。

Er hat sich bei mir über seinen Chef beklagt.

他在我面前抱怨他的上司。

Der Gast beschwerte sich beim Direktor über die schlechte Bedienung.

客人在經理處抱怨惡劣的服務。

問題解答

兩者表示抱怨、訴苦時用反身，和介詞über(A)連用。sich beklagen 一般不用追究當事人的責任，sich beschweren要求追究責任，從而使事情得以解決，語氣比sich beklagen強烈。

舉一反三

1. Die Arbeiter haben sich schon über die niedrigen Löhne ________.
   工人們反映過工資低的情況。
2. Diese Frau ________ sich immer über die anderen.
   這個女人總是責怪他人。
3. Wir ________ uns oft beim Umweltschutzamt über die Luftverschmutzung.
   我們常就空氣污染問題向環保局提意見。
4. Du sollst dich nicht oft über deinen Mann ________.
   你不應老是抱怨你丈夫。

答案：1. beschwert　2. beklagt　3. beschwerten;　4. beklagen

請區分下列句中用專色的三個動詞。

Sie bekommt monatlich Geld von ihren Eltern.

她每月從父母那兒得到錢。

Wir haben Ihren Brief vom 2. Mai erhalten.

我們收到了您5月2日的來函。

Was kriegst du dafür?

你為此得到了什麼？

問題解答

三個動詞詞義相近。bekommen使用範圍較廣，賓語可是具體或抽象的事物；erhalten常用於書面語, 指從個人或部門得到信件、答覆等；kriegen口語中使用較多。

舉一反三

1. Wenn sie allein zu Hause ist, ________ sie Angst.
   當她一人在家時，她就感到害怕。
2. Der Sportler hat eine goldene Medaille ________.
   這運動員得了金牌。
3. Endlich hat sie einen Mann ________.
   她終於有了丈夫。
4. Ich habe einen hohen Posten ________.
   我得到了一個更好的職位。

答案：1. bekommt/ kriegt 2. erhalten 3. bekommen/ gekriegt 4. bekommen/ erhalten

請區分下列句中用專色的三個動詞。

Thomas sucht zur Zeit eine Wohnung in der Stadt.

托馬斯最近在城裏找一套房子。

Er fand keine Wohnung in der Stadt.

他在城裏沒有找到房子。

Wichtige Naturschätze wurden hier entdeckt.

在這裏發現了重要的自然資源。

問題解答

suchen指尋找這一動作；finden指找到這一結果；entdecken則指發現，不強調目的性，而suchen則強調帶着目的尋找。

舉一反三

1. Columbus hat Amerika ________.
   哥倫布發現了美洲。
2. In der Mensa ist kein Platz mehr zu ________.
   在食堂裏已經找不到座位了。
3. Er ________ sein Glück in der Arbeit.
   他在工作中尋找幸福。
4. Er ________ einen Ausweg, ________ aber keinen.
   他尋找一條出路，但沒有找到。

答案：1. entdeckt　2. finden　3. sucht　4. sucht, findet

請比較下列句中用專色的三個動詞。

Sie lehrt Englisch an einer Mittelschule.

她在一所中學教英語。

Sie hat meinen Sohn in Geschichte unterrichtet.

她曾教過我兒子歷史。

Er bringt den Kindern bei, höflich zu sein.

他教孩子們要懂禮貌。

問題解答

lehren和unterrichten在表示傳授某種專業知識時詞義相近，lehren可支配兩個第四格，還可表示傳授道理；而bei/bringen則指通過講解或示範使某人掌握某種技能或原理。

舉一反三

1. Er hat mir das Tanzen ________.

   他教會我跳舞。

2. Die Mutter ________ ihr Kind die Volkslieder.

   母親教孩子民歌。

3. Welches Fach ________ er?

   他教什麼專業？

4. Man soll den Kindern gute Gewohnheiten ________.

   人們應教孩子們養成好習慣。

答案：1. beigebracht　2. lehrt　3. unterrichtet　4. beibringen

請區別下列句中用專色的三個動詞。

Sie lenkt meinen Blick auf den Rock.

她把我的視線引向這裙子。

Die Automatik regelt die Temperatur.

自動控制器調節溫度。

Er steuerte das Schiff nach Westen.

他駕駛着輪船向西航行。

問題解答

lenken指駕駛汽車、飛機等，它與表方向的狀語連用就表示對某事或某物進行導向；regeln指把某事進行整頓、處理，使其納入軌道；steuern側重於把握方向盤，使其按既定方向行駛，它還有操縱之意。

舉一反三

1. Sie versuchte, das Gespräch auf ihre Tochter zu ________.

   她試圖將話題引向她的女兒。

2. Mit einer Hand ________ er das Auto.

   他用一隻手開車。

3. Sie hat das Gespräch immer ________.

   她一直左右着這次談話。

4. Der Verkehr wird von Ampeln ________.

   交通由紅綠燈指揮。

答案：1. lenken 2. steuert 3. gesteuert 4. geregelt

請比較下列句中用專色的兩個動詞。

Wann machen wir das Abendessen?

我們什麼時候做晚飯？

Sie hat alles für ihre Kinder getan.

她做這一切都為了孩子。

問題解答

machen是常用動詞，詞義廣泛，側重於行為的結果或所要達到的目的，它可跟很多名詞構成固定搭配；tun強調行為本身，語氣比machen強，所指的事較抽象、重要。

舉一反三

1. Ich weiß nicht, was ich ________ soll.
   我不知道我該怎麼辦。
2. Übung ________ den Meister.
   熟能生巧。
3. Die Arbeit ________ ihm Spass.
   工作給他帶來樂趣。
4. Sie hat eine Dummheit ________.
   她幹了件蠢事。
5. Wir haben noch etwas Wichtiges zu ________.
   我們還有些重要的事要辦。

答案：1. tun　2. macht　3. macht　4. gemacht　5. tun

請指出下列句中用專色的兩個動詞之異同。

Sie wollen die Wohnung wechseln.

他們打算換房。

Er will seine Uhr gegen einen Ring tauschen.

他想用手錶換一隻戒指。

問題解答

兩個動詞均表示交換，有時可通用。wechseln還有更換之意，由當事人單方面更換同類物品；tauschen指兩人互換或一物換一物，物品不一定同類。

舉一反三

1. Das Brautpaar ________ die Hochzeitsringe.
   新郎和新娘互換了結婚戒指。
2. Der Student will sein Fach ________.
   這個大學生想換專業。
3. Wollen sie die Briefmarken ________?
   他們想互換郵票？
4. Das Programm wird alle zehn Tage ________.
   節目每十天更換一次。
5. Können Sie mir 20 Euro in Dollar ________?
   您能把我的20歐元換成美元嗎？

答案：1. tauschte 2. wechseln 3. tauschen 4. gewechselt 5. wechseln

請分析下列句中的三個動詞有何不同。

Er hat zwei Stunden auf seine Freundin gewartet.

他等了他女朋友兩個小時。

Er erwartete seine Frau auf dem Bahnhof.

他在火車站等他妻子。

Er wartet eine gute Chance ab.

他在等待良機。

問題解答

warten指等待某事發生或某人的到來，常和介詞auf連用；erwarten強調等待人的心情，指期待、希望或指望某人、某事；abwarten指耐心、被動地等待，強調事情的結果。

舉一反三

1. Wir ________ voller Ungeduld den Urlaub.
   我們迫切地等着休假。
2. Ich habe schon lange auf den Bus ________.
   我等巴士已等了很長時間了。
3. Man kann nichts von ihm ________.
   一點兒都不能指望他。
4. Wir müssen die Entscheidung des Chefs ________.
   我們必須等上司做出決定。

答案：1. erwarten 2. gewartet 3. erwarten 4. abwarten

請比較下列句中用專色的兩個動詞。

Seit einigen Jahren meidet sie jede Gesellschaft.

近年來她迴避社交活動。

Der Alte soll jede Aufregung vermeiden.

這老人應避免激動。

問題解答

meiden指主觀上想避開一些人或事；vermeiden指竭力避免還未發生的、可能會帶來不快或不良後果的事情，它的賓語只能是事物，也可用不定式做賓語。

舉一反三

1. Viele Frauen ________ Süssigkeiten.
   許多婦女避免吃甜食。
2. Sie ________ die Stadt, die sie traurig gemacht hat.
   她避開這個讓她傷心的城市。
3. Er ________ es, mit ihr zusammenzutreffen.
   他盡量避免和她碰面。
4. Der Streit ist nicht zu ________.
   這場爭吵是免不了的了。
5. Heute hat er den Streit ________.
   他今天阻止了這場爭吵。

答案：1. meiden　2. meidet　3. vermeidet　4. vermeiden　5. vermieden

請區分下列句中用專色的兩個動詞。

Darf ich meine Freundin mitbringen?

我可以帶我女朋友嗎？

Hast du den Regenschirm mitgenommen?

你帶上雨傘了嗎？

問題解答

mitbringen是指把某人或某物帶到某處；mitnehmen指離開時把人或物帶上。

舉一反三

1. Kannst du mir eine Flasche Wein ________?
   你能給我帶瓶葡萄酒嗎？
2. Auf der Reise wollen sie ihre Kinder ________.
   他們想帶孩子們一道去旅行。
3. Er kann dich im Auto ________.
   他可讓你搭他的車。
4. Sie hat gute Nachrichten ________.
   她帶來了好消息。
5. Dass du das Wörterbuch nach Hause ________, geht nicht.
   你把字典帶回家是不行的。

答案：1. mitbringen 2. mitnehmen 3. mitnehmen 4. mitgebracht 5. mitnimmst

請區別下列句中用專色的動詞意義有什麼不同。

Die Bundesrepublik Deutschland besteht aus 16 Bundesländern.

聯邦德國由十六個聯邦州組成。

Er hat die Prüfung mit „sehr gut“ bestanden.

他以"優異"的成績通過了考試。

問題解答

第一句中的動詞bestehen和介詞aus(D)搭配，表示由什麼組成。而第二句中的bestehen則搭配第四格賓語，表示順利通過考試，考驗等。除此之外，bestehen還可作不及物動詞表示存在，以及和介詞auf(D)搭配，表示堅持。

舉一反三
(請翻譯)

1. 水是氫和氧組成的。
2. 這個研究所已經成立二十年了。
3. 生活不只是工作。
4. 他總是固執己見。

答案：1. Wasser besteht aus Wasserstoff und Sauerstoff.
2. Das Institut besteht schon 20 Jahre.
3. Das Leben besteht nicht nur aus Arbeit.
4. Er besteht immer auf seinem Kopf.

請指出下列句中用專色的動詞用法有何不同。

Ich kann den Zug um 10.05 Uhr schon nicht mehr erreichen.

我已經趕不上十點過五分的火車了。

Die Temperatur hat inzwischen 30 Grad erreicht.

溫度在這期間達到了三十度。

問題解答

第一句話中的動詞erreichen表示趕上某種交通工具。而第二句話中的erreichen則表示達到某一高度、水平或目標。此外，erreichen還可以表示夠得着某物；和第四格的人搭配時，它表示和某人聯繫上。

舉一反三

(請翻譯)

1. 你打電話到辦公室可以找到我。
2. 只有步行才能到達那座村莊。
3. 不努力學習你無法達到目標。
4. 這個三歲的小孩太矮拿不到桌上的麵包。

答案：1. Du kannst mich im Büro telefonisch erreichen.

2. Nur zu Fuss ist das Dorf zu erreichen.

3. Ohne Fleiss kannst du dein Ziel nicht erreichen.

4. Das 3-jährige Kind kann das Brot auf dem Tisch nicht erreichen.

請指出下列句中用專色的動詞的用法有何不同。

Meinst du, dass Peter Recht hat?

你認為彼得是對的嗎？

Meinst du den Pullover da drüben?

你指的是那邊那件毛衣嗎？

問題解答

兩句話中的動詞meinen的用法不相同。它在第一句中表示"認為，覺得"，相當於glauben、denken相應的用法；而在第二句中則搭配第四格賓語表示"指的是"。除此之外，meinen還可以用於固定搭配es meint+形容詞(+mit jm.)表示對某人是好意。

舉一反三
（請翻譯）

1. 他並沒有惡意。
2. 我指的是那所大房子，不是那所小的。
3. 你對此有何看法？
4. 我認為，他自己能對這一切作出判斷。

答案：1. Er hat es nicht böse gemeint.
2. Ich meine das grosse Haus, nicht das kleine.
3. Was meinen Sie dazu?
4. Ich meine, er kann alles selbst beurteilen.

請說明下列句中形容詞fleissig為什麼要加詞尾e。

Der fleissige Schüler heisst Wang Gang.

這個勤奮的學生叫王剛。

問題解答

fleissig加詞尾e是因為它在定冠詞後作陽性單數名詞Schüler的定語。形容詞作名詞定語時須按照名詞的性、數和格進行詞尾變化，它在定冠詞後的變化稱為弱變化。在derselbe、derjenige、dieser、jeder、jener等後邊也是弱變化。

舉一反三

1. Ihre Mutter schreibt mit d_______ rot_______ Kugelschreiber.
   她的母親用這支紅圓珠筆在寫字。
2. Wir gingen in das weiss_______ Haus.
   我們走進這所白色的房子。
3. Der Onkel d_______ chinesisch_______ Studentin arbeitet hier.
   這位中國女學生的舅舅在這兒工作。
4. In jeder gross_______ Familie ist es so.
   每個大家庭都如此。
5. Wo habt ihr die schön_______ Bilder gekauft?
   你們在哪兒買的這些漂亮的畫？

答案：1. em, en　2. e　3. er, en　4. en　5. en

請說出下列句中的形容詞詞尾屬於什麼變化。

Lieber Hans!

親愛的漢斯！

問題解答

形容詞lieb的詞尾是強變化。形容詞在不帶冠詞的名詞前作定語時是強變化。

舉一反三

1. Sie möchte ein Zimmer in ruhig________ Lage suchen.
   她想找一間地段清靜的房間。
2. Im Garten wachsen rot________ Rosen.
   花園裏長着紅玫瑰。
3. Im kalt________ Winter wasche ich auch mit kalt________ Wasser.
   在寒冷的冬天我依然用冷水洗衣服。
4. Nimmst du warm________ Milch?
   你要熱牛奶嗎？
5. Die Gruppe neu________ Touristen trifft heute ein.
   這個新的旅行團今天到。
6. Zum Nachtisch gibt es italienisch________ Eis.
   飯後甜點有意大利雪糕。

答案：1. er　2. e　3. en, em　4. e　5. er　6. es

請指出下列句中形容詞schwarz的詞尾變化類型。

Eine schwarze Katze liegt auf dem Boden.

一隻黑貓躺在地上。

問題解答

句中形容詞schwarz的詞尾屬於混合變化。混合變化是指位於不定冠詞後的形容詞作定語時的詞尾變化，它一部分與定冠詞後的形容詞詞尾變化(弱變化)相同，一部分又與不帶冠詞後的形容詞詞尾變化(強變化)相同。

舉一反三

1. Können Sie mir ein gut________ Buch empfehlen?
   您能給我推薦一本好書嗎？
2. Professor Cai hat einen lang________ Vortrag gehalten.
   蔡教授作了一個很長的報告。
3. Er ist der Sohn einer berühmt________ Musikerin.
   他是一位著名女音樂家的兒子。
4. Das ist ein schmutzig________ Hemd.
   這是件髒襯衫。
5. Ein anständig________ Mensch tut das nicht.
   一位有教養的人不會做這事。
6. Da steht ein Haus mit einem gross________ Garten.
   那兒有所帶大花園的房子。

答案：1. es 2. en 3. en 4. es 5. er 6. en

請解釋下列句中形容詞的詞尾變化為什麼是-en。

Meine guten Freunde haben mir geholfen.

我的好朋友們幫助過我。

問題解答

因為形容詞gut修飾的名詞Freunde是複數，它又在物主代詞meine後。形容詞在物主代詞和否定詞kein-後，修飾名詞複數時各格需加詞尾-en；名詞單數時形容詞詞尾則為混合變化。

舉一反三

1. Die Familie Braun braucht kein gross________ Haus.
   布勞恩一家不需要大房子。
2. Er ist mein best________ Freund.
   他是我最好的朋友。
3. Sie will keine rot________ Röcke mehr kaufen.
   她不再買紅裙子了。
4. Euer arm________ Kind muss allein zu Hause bleiben.
   你們可憐的孩子得獨自在家。
5. Sehen Sie unsere billig________ Preise!
   看看我們便宜的價格吧！
6. Ihre neu________ Kollegen sind sehr nett zu ihr.
   她的新同事對她很好。

答案：1. es　2. er　3. en　4. es　5. en　6. en

請回答下列句中用專色的部分是針對什麼提問。

Was für ein Film ist das?

Das ist ein lustiger Film.

這是部什麼樣的電影？

這是一部有趣的電影。

問題解答

was für ein-針對Film的特性提問。疑問代詞was für ein-用來對某人或某物的特徵或性質提問，它主要作名詞的定語，也可單獨使用。如果它與其他介詞連用，由介詞支配格。

舉一反三

1. In was für ________ Supermarkt arbeiten Sie?
   In einem grossen Supermarkt.
   您在什麼樣的超級市場工作？
   在一家大型超市。
2. Was für ________ Maschine bedient er?
   他操作一台什麼樣的機器？
3. Was für ________ Vortrag hält er?
   他作什麼樣的報告？
4. ________ ________ Ausstellungen waren das?
   那是些什麼樣的展覽？

答案：1. einem　2. eine　3. einen　4. Was für

請指出下列句中在einige和alle後的形容詞詞尾變化有什麼不同。

Zu Weihnachten habe ich einige kleine Geschenke für alle deutschen Freunde gekauft.

聖誕節時我給所有的德國朋友都買了幾樣小禮物。

問題解答

兩個形容詞詞尾變化分別為強變化和弱變化。形容詞在基數詞和不定數詞einige，mehrere、viele、wenige等後面的詞尾變化是強變化，而在alle，beide後的詞尾變化為弱變化。

舉一反三

1. Dort ist das Auto dieser beid________ japanisch________ Gäste.
   兩個日本客人的轎車在那兒。
2. Auf der Messe werden all________ neu________ Produkte ausgestellt.
   博覽會上展出了所有的新產品。
3. Er hat zwei elternlos________ Kinder adoptiert.
   他收留了兩個孤兒。
4. Er hat ein paar interessant________ Filme gedreht.
   他拍過幾部有趣的電影。

答案：1. en, en 2. e, en 3. e 4. e

請寫出下列句中用專色的形容詞的原形。

Wer bleibt noch in diesem dunklen Zimmer?

誰還呆在這黑乎乎的房間裏？

問題解答

用專色的形容詞的原形是dunkel。以-el 結尾的形容詞作定語時要去掉e，然後才進行相應的詞尾變化。形容詞變化的特殊情況還有：1. 以-er 結尾的形容詞，如：eine teure Hose；2. 形容詞hoch修飾名詞時去掉c，如：ein hohes Haus；3. 以-s 結尾的links等去掉詞尾-s，如：die linke Hand。

舉一反三

1. Ich kaufe keine ________ (teuer) Sachen.
   我不買貴的東西。
2. Können Sie mir ein ________ (andere) Buch geben?
   您能給我另外一本書嗎？
3. Arme Leute wohnen in diesen ________ (hoch) Häusern.
   窮人們住在這些高樓裏。
4. Der Alte isst gern ________ (sauer) Gurken.
   這老人喜吃酸黃瓜。

答案：1. teuren　2. anderes　3. hohen　4. saure

請解釋下列句中用專色的單詞具有詞尾變化的原因。

Ein Fremder fragt mich, wie er zur Uni geht.

一個陌生人問我，他怎麼去大學。

問題解答

因為名詞Fremder是由形容詞fremd變來的，稱作按形變名詞，可單獨用來表示人，此時名詞詞尾按形容詞作定語時的變格規律進行變化。

舉一反三

1. Ein ________ von mir ist gerade aus Deutschland zurückgekommen.

   我的一位熟人剛從德國回來。

2. Die ________ geht noch zum Kindergarten.

   這小傢伙還在上幼稚園。

3. Sie haben den ________ ins Krankenhaus gebracht.

   他們把病人送進了醫院。

4. Im Jugendzentrum kann ich andere ________ kennenlernen.

   我在青年活動中心可以認識其他年輕人。

5. Wir haben viel Kontakt zu den ________.

   我們和親戚聯繫很多。

答案：1. Bekannter 2. Kleine 3. Kranken 4. Jugendliche 5. Verwandten

請解釋下列句中用專色的單詞大寫以及具有詞尾變化的原因。

Bei schönem Wetter fahren wir ins Grüne.

如果天氣好我們去郊外。

問題解答

因為名詞Grüne是由形容詞grün變來的。形容詞變成名詞時，如表示事物就為中性，與不定代詞連用時，詞尾分為強變化和弱變化兩種形式。

舉一反三

1. Steht etwas ________ (neu) in der Zeitung?
   報上有什麼新鮮事？
2. Ich möchte nichts ________ (kalt) trinken.
   我不想喝任何冷的東西。
3. Er hat viel ________ (interessant) erlebt.
   他經歷了很多有趣的事。
4. Ich wünsche Ihnen alles ________ (gut).
   我祝您們一切順利。
5. Berichte aber nur das ________ (wichtig)!
   請只說重要的！
6. In diesem Buch gibt es nur wenig ________(neu).
   這本書沒什麼新東西。

答案：1. Neues 2. Kaltes 3. Interessantes 4. Gute 5. Wichtige 6. Neues

請說出下列句中用專色的部分是形容詞的哪一級比較。

Sie läuft so schnell wie ihre Mutter.

她跑得和她母親一樣快。

問題解答

so schnell wie是形容詞schnell的原級比較。德語中用so...wie來表示人或事物之間相同程度的比較。相同的表達方式還有ebenso...wie、genauso...wie，它們也可用於主從句中。否定時用nicht或kein。形容詞原級與so...wie möglich連用時表示“盡可能的”。

舉一反三

（請翻譯）

1. 我掙的和父親一樣多。
2. 這女孩不像他工作得那麼慢。
3. 您盡快到我這兒來吧！
4. 這小說和我們想像的一樣精彩。
5. 你的房間比我的大三倍。

答案：1. Ich verdiene ebenso viel wie mein Vater.
2. Das Mädchen arbeitet nicht so langsam wie er.
3. Kommen Sie so schnell wie möglich zu mir!
4. Der Roman ist so interessant, wie wir geglaubt haben.
5. Dein Zimmer ist dreimal so gross wie mein Zimmer.

請解釋下列句中形容詞加詞尾-er的原因。

Karl ist intelligenter als Peter.

卡爾比彼得聰明。

問題解答

因為intelligenter 是形容詞intelligent的比較級。形容詞比較級大多由原級加詞尾-er構成，它可以作表語，定語和狀語，常和連詞als連用。比較級作定語時詞尾要發生變化，如：ein interessanteres Buch（一本更有趣的書）。否定時用kein或nicht加比較級。

舉一反三

1. Meine Heimatstadt ist klein________ als Chongqing.
   我的家鄉比重慶小。
2. Er weiss es nicht genau________ als ich.
   他知道得不比我清楚。
3. Einen schön________ Schal können Sie hier nicht finden.
   您在這兒找不到更漂亮的圍巾了。
4. Sie wird immer dick________.
   她越來越胖。
5. Gibt es ein billig________ Hemd?
   有更便宜的襯衫嗎？

答案：1. er 2. er 3. eren 4. er 5. eres

請説出下列句中用專色的部分的形容詞原形。

Mein jüngerer Bruder interessiert sich nur für Musik.

我弟弟只對音樂感興趣。

問題解答

用專色的部分是形容詞jung變來的。多數詞幹母音為a、o、u的單音節形容詞，在比較級時需變音如：älter、grösser；以-el、-er、-en結尾的形容詞去掉e如：teurer、trockner等。

舉一反三

1. Im Sommer wird der Tag ________ (lang), im Winter wird der Tag ________ (kurz).
   夏天白天長，冬天白天短。
2. Im Mai wird es immer ________ (warm).
   五月天氣越來越暖和。
3. Nehmen Sie diesen ________ (dunkel) Pullover?
   您要這件顏色深點的套頭毛衣？
4. In der Regel sind Frauen nicht ________ (stark) als Männer.
   一般來説女人沒男人強壯。
5. Sprechen Sie bitte ________ (leise)!
   請小聲點説話！

答案：1. länger, kürzer　2. wärmer　3. dunkleren　4. stärker　5. leiser

請說明下列對話中兩個用專色的部分gut和besser的關係。

Sprechen Sie gut Deutsch?

Ja, aber ich spreche besser Englisch.

您德語說得好嗎？

是的，不過我英語說得更好些。

問題解答

besser是形容詞gut的比較級。德語中有少數形容詞比較級不規則。這些形容詞如：gross、hoch、nahe、viel (sehr)、wenig、lieb (gern)、häufig (oft)等它們的比較級分別是：grösser、höher等。

舉一反三

1. Dieses Schmuckstück ist ihr viel ________(lieb).
   她更喜歡這件首飾。
2. Der Reiseführer kennt einen ________(nahe) Weg zum Sommerpalast.
   這導遊認識一條去頤和園的近路。
3. Das Haus ist viel ________(gross) als unseres.
   這房子比我們的大多了。
4. Sie hat ________ gelesen als du.
   她讀書讀得比你多。

答案：1. lieber　2. näheren　3. grösser　4. mehr

請解釋下列句中用專色的從屬連詞後面為什麼跟比較級。

Je mehr du übst, desto fliessender sprichst du.

你練得越多，就說得越流利。

問題解答

因為從屬連詞je...desto/ um so只能和比較級一起用，表示“越……就越……”。Je帶起前置的從句，desto/ um so位於後置的主句句首，用反語序。

舉一反三

（請翻譯）

1. 城市裏的汽車越多，空氣污染就越嚴重。
2. 我在這個城市呆得越久就越覺得它美。
3. 工作越難，成功的喜悅就越大。
4. 我們走得越快就越早到家。
5. 物以稀為貴。

答案：1. Je mehr Autos in der Stadt fahren, desto mehr wird die Luft verschmutzt.
2. Je länger ich in dieser Stadt bleibe, desto schöner finde ich sie.
3. Je schwerer die Arbeit ist, desto grösser ist die Freude über den Erfolg.
4. Je schneller wir gehen, desto früher sind wir zu Hause.
5. Je knapper eine Ware ist, desto teurer wird sie.

請問下列句中用專色的部分是怎麼構成的，作什麼成分。

Xiao Li ist am fleissigsten in seiner Klasse.

小李是班上最勤奮的。

問題解答

用專色的部分是形容詞fleissig的最高級，作表語。形容詞加詞尾-(e)st構成最高級，它作狀語和表語時前加am，後加en；作定語時前面一般要有定冠詞或物主代詞如：der fleissigste Student。

舉一反三

1. Er ist mein ________(gut) Freund.
   他是我最好的朋友。
2. Welcher Monat ist ________(kalt)?
   哪個月最冷？
3. Der Fernsehturm ist nicht das ________(hoch) Gebäude der Stadt.
   電視台不是城裏最高的建築物。
4. Von allen Familienangehörigen verdient sie ________ (wenig).
   在家裏她掙得最少。
5. Dieser Sessel ist ________(bequem).
   這張沙發椅最舒適。

答案：1. bester 2. am kältesten 3. höchste 4. am wenigsten 5. am bequemsten

請指出下列句中用專色的形容詞的構成方式，它有無最高級。

Meine Grossmutter ist bienenfleissig.

我的祖母如蜜蜂般勤勞。

問題解答

用專色的形容詞是名詞Biene的複數形式加形容詞fleissig構成的，這種由名詞加形容詞構成的複合形容詞其原意就表示最高級，所以它不再構成最高級。無最高級形式的還有表示極限程度的形容詞如：erstklassig、minimal等。

舉一反三（請翻譯）

1. 她冷冷地看了他一眼。
2. 他給了他妻子最大的安全感。
3. 這兒的風景美麗如畫。
4. 她屬於一流演員。
5. 這位拳師健壯如熊。

答案：1. Sie wirft einen eiskalten Blick auf ihn.
2. Er bietet seiner Frau die maximale Sicherheit.
3. Die Landschaft hier ist bildschön.
4. Sie gehört zu den erstklassigen Spielerinnen.
5. Der Boxer ist bärenstark.

請問下列句中用專色的形容詞有無比較等級。

Es ist mir egal, ob sie kommt oder nicht.

她來不來對我來説無所謂。

問題解答

用專色的形容詞egal無比較等級，因為它是只作表語的形容詞。無比較等級的形容詞還有：具有固定詞意的詞，如：blind、mündlich；表示否定意義及一些派生形容詞如：kinderlos、unbekannt等；由地理名詞派生的以及表示物質、職業、顏色和時間的形容詞、序數詞如：rosa、heutig、dritt等；另外，由地點副詞派生的形容詞，有最高級，卻無比較級如：innen、oben等。

舉一反三
（請翻譯）

1. 他的房間總是亂七八糟。
2. 他高興得説不出話來。
3. 婚姻生活中不要小孩的情況比以前多。
4. 醫治得太遲了。
5. 最上面的箱子是他的。

答案：1. Sein Zimmer ist immer durcheinander.
2. Er ist sprachlos vor Freude.
3. Häufiger als früher bleiben Ehen kinderlos.
4. Die ärztliche Hilfe kam zu spät.
5. Der oberste Koffer gehört ihm.

請指出下列句中形容詞alt的支配關係，作什麼成分。

Das Baby ist erst zwei Monate alt.

這嬰兒才兩個月大。

問題解答

形容詞alt在句中支配第四格，作表語。德語中形容詞和動詞、介詞一樣有一定的支配關係。許多形容詞，特別是在作表語時可與第四格、第三格或第二格名詞連用。

舉一反三

1. Dieses Bild ist kein________ Pfennig wert.
   這幅畫一錢不值。
2. Er ist sein________ Vater ähnlich.
   他像他父親。
3. Das Haus ist d________ jung________ Ehepaar zu teuer.
   這房子對這對年輕夫婦來說太貴了。
4. Der Alte wird sein________ Leben________ nicht mehr froh.
   這老人不再感到人生的樂趣。
5. Das Kind ist d________ Lüge fähig .
   這小孩善於撒謊。

答案：1. en　2. em　3. em, en　4. es, s　5. er

請指出下列句中用專色的介詞auf與形容詞的關係。

Sie sind stolz auf ihre Forschungsergebnisse.

他們為自己的研究成果而自豪。

問題解答

介詞auf受形容詞stoz的支配。德語中形容詞可與各種介詞組成固定搭配，這些介詞賓語多數前置，也可後置。

舉一反三

1. Das Land ist reich ________ ________ Erdöl.
   這國家盛產石油。
2. Die Frauen sind auch ________ ________ Diskussion beteiligt.
   婦女也參加了討論。
3. Er ist schon ________ ________ Essen in China gewöhnt.
   他已習慣了中國菜。
4. Der Fahrer des Autos ist ________ ________ Unfall schuld.
   小車司機應對這次事故負責。
5. Viele sind neugierig ________ ________ Wahlausgang.
   很多人對選舉結果感到好奇。

答案：1. an, /　2. an, der　3. an, das　4. an, dem　5. auf, den

請指出下列兩個句子中的用專色的部分有何關係。

Das ist mir egal.

這對我來說無所謂

Das ist für mich unbedeutend.

這對我來說不重要。

問題解答

介詞für支配第四格mich與形容詞搭配可以代替形容詞支配第三格mir的用法。常見的與介詞für搭配的形容詞如：dankbar、nötig、bedeutsam、angenehm等。

舉一反三
（請翻譯）

1. Ihr Besuch ist für uns wichtig.
2. Dein Hinweis war für mich sehr nützlich.
3. Die Eltern sind für ihre Kinder verantwortlich.
4. Das Lesen des Textes ist den Schülern sehr wichtig.
5. Das Rauchen ist schädlich für die Gesundheit.

答案：1. 您的拜訪對我們很重要。
2. 你的提示對我很有幫助。
3. 父母對孩子負責。
4. 閱讀課文對學生來說很重要。
5. 吸煙對健康有害。

形容詞

請指出下列句中用專色的兩個單詞之間的關係。

Die Popmusik ist bei den jungen Leuten sehr beliebt.

流行音樂深受青年人喜愛。

問題解答

介詞bei和形容詞beliebt構成固定搭配。與形容詞搭配的介詞還有von、zu、in、mit、über等。

舉一反三

1. Dieses Mittel ist gut ________ Erkältung.
   這藥對醫治感冒很有效。
2. Gabi ist gut ________ Englisch.
   嘉比英語很好。
3. Sind Sie ________ unserem Plan einverstanden?
   您同意我們的計劃嗎？
4. Er ist ________ seinen Sohn sehr verärgert.
   他對他兒子很氣惱。
5. Die Schüler sind ________ Ausflug bereit.
   這些學生做好了郊遊的準備。
6. Das 2-jährige Kind ist ________ seiner Mutter abhängig.
   這兩歲小孩得依賴他母親。

答案：1. gegen 2. in 3. mit 4. über 5. zum 6. von

請說出下列句中用專色的形容詞是怎麼構成的。

Wie ist die medizinische Versorgung bei euch?

你們那兒的醫療保險怎麼樣？

問題解答

用專色的形容詞是由名詞Medizin加詞尾-isch構成的。某些名詞可加-isch變成形容詞。名詞以-e結尾的要去掉e如：chinesisch; 特殊情況如：musikalisch等。

舉一反三

1. Viele ________(Ausland) Studenten wollen nach München.
   許多外國學生想到慕尼黑。
2. Kathrin macht eine ________(Praktikum) Ausbildung bei einem Zeitungsverlag.
   卡特琳在一家報社實習。
3. Sie studiert die ________ (Frankreich) Geschichte.
   她學法國歷史。
4. Wir sollen uns das kulturelle Erbe ________(Kritik) aneignen.
   我們應批判地繼承文化遺產。
5. Kann ich dich ________(Telefon) erreichen?
   我能打電話找你嗎？

答案：1. ausländische 2. praktische 3. französische 4. kritisch 5. telefonisch

請說出下列句中用專色的形容詞的構成方式。

Herr Ma kommt immer pünktlich zum Unterricht.

馬老師上課總是很準時。

問題解答

用專色的形容詞是由名詞Punkt加詞尾-lich構成，詞幹母音往往要變音。這類形容詞還有如：jährlich、glücklich、monatlich等。

舉一反三

1. Der Verdächtige steht unter ________ (Polizei) Bewachung.
   這疑犯處於警察的監視之下。
2. Wir haben einen ________(Kunst) Erdsatelliten erfolgreich gestartet.
   我們成功地發射了一顆人造衛星。
3. Der Aufsatz ist ________(Inhalt) gut, aber ________ (Sprache) nicht einwandfrei.
   這篇文章內容很好，但語言上並非沒有缺點。
4. Sein Vortrag war leicht ________ (Verständnis).
   他的報告容易懂。

答案：1. polizeilicher 2. künstlichen 3. inhaltlich, sprachlich 4. verständlich

請指出下列句中用專色的形容詞的構成方式。

In Asien gibt es wenige kinderlose Familien.

在亞洲不要孩子的家庭很少。

問題解答

用專色的形容詞是名詞Kinder (Pl.)加尾碼-los派生的形容詞，意思是"無……的"。有些名詞詞尾-e可省去如：hilflos；此外，名詞和尾碼之間也有加s的如：arbeitslos。

舉一反三

1. Seit drei Monaten ist er ________(Arbeit).
   他已失業三個月了。
2. Der Kranke verbrachte schon zwei ________(Schlaf) Nächte.
   病人度過了兩個不眠之夜。
3. Der Weg schien ________(Ende) zu sein.
   這條路好像走不完似的。
4. Wir haben im Kinderheim 100 ________(Eltern) Kinder.
   我們孤兒院裏有一百個失去父母的孩子。
5. Das ist ein ________(Hoffnung) Fall.
   這事沒指望。

答案：1. arbeitslos 2. schlaflose 3. endlos 4. elternlose 5. hoffnungsloser

請指出下列句中用專色的形容詞是怎麼構成的。

Das Fahrrad ist nicht mehr benutzbar.

這單車不能再用了。

問題解答

用專色的部分的原形是動詞benutzen。德語中一些動詞詞幹加尾碼-bar可構成形容詞，表示“可能的或可行的”，某些動詞詞根加形容詞詞尾-bar也可表示被動的含義。

舉一反三

（請翻譯）

1. 這照片不太好，但你還是清晰可辯。
2. “講述”這個詞是可分還是不可分？
3. 你的筆跡幾乎沒法認。
4. 我們不知道是否所有的蘑菇都能吃。
5. 這是一項艱巨的任務，如果你們努力的話，它是能解決的。

答案：1. Dieses Foto ist nicht gut, aber du bist deutlich sichtbar.
2. Ist das Wort „erzählen“ trennbar oder untrennbar?
3. Deine Schrift ist kaum lesbar.
4. Wir wissen nicht, ob alle Pilze essbar sind.
5. Das ist eine schwierige Aufgabe. Aber wenn ihr euch bemüht, dann ist sie doch lösbar.

請説明下列句中用專色的部分名詞的構成方式。

Er war auf den ersten Blick von ihrer Schönheit angezogen.
他第一眼就被她的美貌所吸引。

問題解答

用專色的Schönheit是由形容詞schön加尾碼-heit構成的陰性名詞。一些表示外貌或性格的形容詞加上尾碼-heit、-keit、-e就變成了名詞如Tüchtigkeit、Krankheit、Länge等。但也有一些例外，如：der Witz、die Jugend等。

舉一反三

1. Die ________ (breit) des Zimmers ist 3 Meter.
   房間寬3 米。
2. ________(dumm) und ________(stolz) wachsen auf einem Holz.
   愚蠢和驕傲是一對親兄弟。
3. Was er sagte, war von der ________ (wirklich) weit entfernt.
   他所説的遠離現實。
4. Im Laufe der Zeit wird ________(tolerant) in der Ehe immer wichtiger.
   隨着時間的流逝，寬容在婚姻中越來越重要。

答案：1. Breite 2. Dummheit, Stolz 3. Wirklichkeit 4. Toleranz

請說出下列句中用專色的部分的詞性及構成方式。

Das Sportfest hat planmässig im April stattfgefunden.

運動會按計劃在四月舉行。

問題解答

用專色的部分planmässig是形容詞，它是由名詞Plan 加尾碼-mässig構成的，表示“按照計劃的”。形容詞尾碼-mässig可表“似……的”，如：heldenmässig，“根據……的”如：erfahrungsmässig；verfassungsmässig。

舉一反三
（請翻譯）

1. 從感情上說他更願意和老鄉一起工作。
2. 根據經驗這工作要花很多時間。
3. 他們定期在咖啡館見面。
4. 實驗室佈置得有點簡單，但很實用。

答案：1. Gefühlsmässg arbeitet er lieber mit Landsleuten.
2. Erfahrungsmässg beansprucht diese Arbeit viel Zeit.
3. Sie treffen sich regelmässg im Café.
4. Das Sprachlabor ist zwar einfach, aber zweckmässg eingerichtet.

請指出下列句中用專色的形容詞是怎麼構成的。

Dieser seidene Schal sieht sehr schön aus.

這條絲巾看起來很漂亮。

問題解答

形容詞seiden是由名詞Seide加詞尾-n變來的。德語中一些表示物質的名詞加-(e)n 或-ern就構成了形容詞。如：golden, steinern等。

舉一反三

1. Durch die ________(Glas) Tür können wir sehen, dass sie sich streiten.
   通過玻璃門我們可以看見他們在爭吵。
2. Bei dem ________(Eis) Wind musst du deinen ________(Wolle) Schal mitnehmen.
   外面寒風吹面，你要帶上羊毛圍巾。
3. Er bezwang seine Schmerzen mit ________(Eisen) Energie.
   他以堅強的毅力忍住疼痛。
4. Handwerk hat ________(Gold) Boden.
   手藝是個金飯碗。

答案：1. gläserne 2. eisigen, wollenen 3. eiserner 4. goldenen

請問下列句中用專色的兩個形容詞詞尾有無區別。

Sie hat ein 4-monatiges Praktikum bei einer Firma gemacht.

她在這家公司實習了四個月。

Ihre tägliche Arbeit ist, die Post abzuholen.

她每天的工作是取信件。

問題解答

以-ig和-lich結尾的形容詞在修飾名詞時有很大的區別。-ig指某段時間如eine 3-monatige Arbeit（一份三個月的工作）；-lich指時間的重複如tägliche Arbeit（每天的工作）。

舉一反三

1. Sie hat ein ________(Monat) Einkommen von 500.00 DM.
   她的月收入是五百馬克。
2. Die ________(Woche) literarische Vorlesung ist bei den Studenten sehr beliebt.
   每周的文學課很受學生的歡迎。
3. Er hat einen vier-________(Jahr) Sohn.
   他有一個四歲的兒子。
4. Die Zeitschrift erscheint 2mal ________(Jahr).
   這種期刊一年出兩次。

答案：1. monatliches 2. wöchentliche 3. järigen 4. jährlich

請說出下列句中用專色的部分是第幾人稱的第幾格。

Thomas ist 14 Jahre alt. Er ist in der 9. Klasse.

托馬斯14歲，他上9年級。

問題解答

er是第三人稱陽性單數第一格。人稱代詞指代的是人、事或物，以代替名詞，它有性、數和格的變化。人稱代詞的第一格作主語或同位語。

舉一反三

1. Dort steht eine Frau. ________ ist Deutsche.
   那兒站着一個女人，她是德國人。
2. Wang Lan und Li Ping kommen aus Nanjing. ________ lernen Deutsch.
   王蘭和李平來自南京，他們學習德語。
3. Lernt ________ auch Deutsch?
   你們也學習德語嗎？
   Ja, ________ lernen auch Deutsch.
   是的，我們也學德語。
4. ________ bin Lehrerin. Was sind ________ von Beruf?
   我是教師，您呢？
5. Hast ________ ein Kind?
   Ja, aber ________ ist erst drei Jahre alt.
   你有個孩子嗎？
   是的，他才3歲。

答案： 1. Sie 2. Sie 3. ihr, wir 4. Ich, Sie 5. du, es

請解釋下列句中用專色的兩個人稱代詞用法有何不同。

Peter, was machst du jetzt?

彼得，你現在在幹什麼？

Frau Meier, können Sie mich anrufen?

邁爾夫人，您能給我打電話嗎？

問題解答

第二人稱單數du(複數ihr)一般用於對家人、朋友之間的親密稱呼，這時只能用名字稱呼對方；尊稱Sie(單複數同)要大寫，表示尊敬和客氣，要連名帶姓稱呼對方。

舉一反三

1. Herr Ma, lesen ________ bitte leise!

   馬先生，請您讀小聲點！

2. Woran denkst ________ denn?

   你在想什麼？

3. Thoma, Helga, was spielt ________?

   托馬斯，荷爾迦，你們在打什麼？

4. Fahren ________ mit dem Bus zurück?

   Nein, wir gehen zu Fuss.

   您們乘車回去嗎？

   不，我們走路回去。

答案： 1. Sie 2. du 3. ihr 4. Sie

請回答下列句中用專色的人稱代詞是第幾人稱的第幾格。

Ich habe auf ihn schon eine Stunde gewartet.

我已等了他一個小時。

問題解答

用專色的人稱代詞ihn是第三人稱陽性單數的第四格。人稱代詞第四格在句中作賓語或介詞賓語。

舉一反三

1. Verstehen Sie ________?

   Ja, ich verstehe ________ sehr gut.

   您聽懂我的話了嗎？

   是，我懂了。

2. Gibt es Briefe für ________?

   Ja, hier sind zwei Briefe für ________.

   有給我們的信嗎？

   有，有兩封你們的信。

3. Sie ist meine Nachbarin. Ich kenne ________ schon lange.

   她是我的鄰居，我認識她很久了。

4. Hast du dieses Buch gekauft?

   Nein, ich habe ________ nicht gekauft.

   你買了這本書嗎？

   不，我沒買。

答案： 1. mich, Sie　2. uns, euch　3. sie　4. es

請指出下列句中用專色的人稱代詞是第幾人稱的第幾格。

Es gefällt uns in der kleinen Stadt.

我們喜歡小城市。

問題解答

用專色的人稱代詞uns是第一人稱複數wir的第三格。人稱代詞第三格在句中作間接賓語或介詞賓語。

舉一反三

1. Ich habe ________ geschrieben.
   我給您寫過信。
2. Hans hat Geburtstag. Wir besuchen ________ und gratulieren ________ dazu.
   漢斯過生日，我們去拜訪並祝賀他。
3. Dieser Nachbar hilft ________ oft.
   這位鄰居常幫助我。
4. Ich habe ________ einen Blumenstrauss geschenkt.
   我送了她一束鮮花。
5. Schmeckt ________ das Essen?
   飯菜合你們的胃口嗎？

答案：1. Ihnen 2. ihn, ihm 3. mir 4. ihr 5. euch

請指出下列句中用專色的單詞是哪一個人稱的物主代詞，第幾格。

Wann fährt mein Zug ab?

我乘的火車什麼時候出發？

問題解答

用專色的單詞mein是人稱代詞ich的物主代詞，第一格。物主代詞是人稱代詞的第二格派生出來的，表示所屬關係，作定語時要與名詞的性、數和格保持一致。變格形式與不定冠詞相同。

舉一反三

1. Ein Drittel ________ Gehaltes gebe ich für die Miete aus.
   我工資的三分之一用來付租金。
2. Was willst du ________ Gästen zeigen?
   你要給你的客人看什麼？
3. ________ Kollegin ist krank.
   他的一個女同事病了。
4. Sie kümmert sich um die Hausaufgaben ________ Kinder.
   她關心孩子們的作業。

答案：1. meines　2. deinen　3. Seine　4. ihrer

請指出下列句中用專色的兩個物主代詞用法有何不同。

Ist das dein Zimmerschlüssel?

Ja, das ist meiner.

這是你的房間鑰匙嗎？

是，是我的。

問題解答

物主代詞dein作定語，meiner作代詞。物主代詞作代詞時，除了陽性單數第一格是-er，中性單數第一、四格是-(e)s外，其餘人稱形式不變。

舉一反三

1. Sind das ________ Bücher?

   Ja, das sind ________.

   這是他們的書嗎？

   是，是他們的。

2. Ist das ________ Auto?

   Ja, das ist ________.

   這是你們的汽車？

   是的，是我們的。

3. Ist das ________ Kamera?

   Ja, das ist ________.

   這是您的照相機？

   是的，是我的。

答案：1. ihre, ihre　2. euer, unseres　3. Ihre, meine

請回答下列句中的疑問代詞針對什麼提問。

Wer hat das Zimmer saubergemacht?

誰打掃了房間？

問題解答

用專色的疑問代詞wer針對人稱代詞第一格提問。疑問代詞wer只用來問人。wer無複數，也無性別之分。它的第二、三格和第四格分別為wessen、wem和wen。

舉一反三

1. ________ hat Helga ein Buch von Thomas Mann geschenkt?
   誰送赫爾迦一本托馬斯·曼的書？
2. ________ gehört diese Tasche?
   這手袋是誰的？
3. ________ ruftst du denn an?
   你到底在給誰打電話？
4. Mit ________ Auto fahren sie?
   他們乘誰的車？
5. ________ verdankt sie das?
   Dir.
   她把這歸功於誰？
   你。

答案：1. Wer　2. Wem　3. Wen　4. wessen　5. Wem

請指出下列句中用專色的部分是什麼詞，在句中作什麼成分。

Was suchst du?

Ich suche mein Wörterbuch.

你在找什麼？

我在找字典。

問題解答

用專色的部分was是疑問代詞，在句中作賓語。was針對物提問，只有一、四格。如果was與介詞連用，則用疑問代副詞如worüber、wofür、wonach來提問。

舉一反三

1. ________ ist denn passiert?
   發生了什麼事？
2. ________ diskutiert ihr?
   你們在討論什麼？
3. ________ wiederholen die Studenten?
   學生們在複習什麼？
4. ________ erzählt die Grossmutter den Kindern?
   祖母在給孩子們講什麼？
5. ________ habt ihr heute Gutes gegessen?
   你們今天吃了什麼好東西？

答案：1. Was　2. Worüber　3. Was　4. Wovon　5. Was

請指出下列句中用專色的單詞的詞類及作什麼成分。

Welchen Bus nehmt ihr?

你們乘哪輛車？

問題解答

用專色的單詞welch-是疑問代詞，在句中作定語。針對人或事進行選擇時用welch-，提問“哪一個”，它可單獨用，也可以修飾名詞(變格形式與定冠詞相同)。

舉一反三

1. Hier sind mehrere Bücherregale. ________ gefällt dir am besten?
   這兒有許多書架，你最中意哪一個？
2. Mit ________ Schüler können Sie am besten arbeiten?
   您和哪個學生在一起工作最好？
3. ________ Übungen machen wir morgen?
   我們明天做哪些練習？
4. ________ sind die wichtigsten Flüsse Chinas?
   哪幾條是中國最重要的河流？
5. ________ von deinen Freundinnen kommt mit?
   你的哪位朋友一起來？

答案：1. Welches 2. welchem 3. Welche 4. Welches/ Welche 5. Welche

請指出下列句中用專色的es的詞類。

Es donnert und blitzt.

電閃雷鳴。

問題解答

es是非人稱代詞，與表示天氣的無人稱動詞或説明人的感覺或觸覺的動詞以及與某些固定的無人稱動詞連用。

舉一反三

（請翻譯）

1. 是有關錢的問題。
2. 我們覺得冷。
3. 時間還早。
4. （這事）她很急嗎？
5. 對你星期三合適嗎？
6. 我母親很好。

答案：1. Es handelt sich um das Geld.
2. Es ist uns kalt.
3. Es ist noch früh.
4. Hat sie es eilig?
5. Wie wäre es mit dir am Mittwoch?
6. Es geht meiner Mutter sehr gut.

請說出下列句中的非人稱代詞es代替的是哪個詞，作什麼成分。

Sein Vater ist Arzt. Er will es auch werden.
他的父親是醫生，他也想當醫生。

問題解答

非人稱代詞es代替的是陽性名詞Arzt，作表語。es可指代某個已知的作表語的陽性或陰性名詞（指人）或形容詞，es只能放句中，但可用das代替es放句首。es還可指代前面提到過的句子，如果重複從句，es可省略。

舉一反三
（請翻譯）

1. 我的母親是售貨員，我也是售貨員。
2. 她累了，其他人不累。
3. 您知道假期什麼時候開始嗎？
   不，我不知道。

答案：1. Meine Mutter ist Verkäuferin. Ich bin es auch (Das bin ich auch).
2. Sie ist müde, und die anderen sind es nicht (und das sind die anderen nicht).
3. Wissen Sie, wann die Ferien beginnen?
Nein, ich weiss es nicht. (Nein, ich weiss nicht, wann die Ferien beginnen.)

請解釋下列句中的非人稱代詞es作什麼成分。

Es ist niemand gekommen.

沒有人來。

問題解答

es在這兒是相關詞，作形式主語，放句首。如果句首有其他成分，es可省略。es也用在被動句和反身動詞結構句中，相當於man作主語的主動結構。es還可代主語和賓語從句。

舉一反三（請翻譯）

1. 高速公路上發生的交通事故太多了。
2. 人們在大廳裏唱歌、跳舞。
3. 馬上告訴他，我的意見是明智的。
4. 她許諾上課再也不遲到。
5. 她沒給我打電話使我很生氣。

答案：1. Es passieren zu viele Unfälle auf Autobahnen.
2. Im Saal wird gesungen und getanzt. (Man singt und tanzt im Saal).
3. Es war klug, dass ich ihm gleich meine Meinung sagte.
4. Sie hat es versprochen, dass sie nicht mehr zu spät zum Unterricht kommt.
5. Dass sie mich nicht angerufen hat, (das) ärgert mich sehr.

請指出下列句中用專色的單詞是什麼代詞。

Kann man von hier aus die Kirche sehen?

Ja, die ist sehr gut zu sehen.

從這兒可以看見教堂嗎？

是的，看得很清楚。

問題解答

用專色的單詞是指示代詞，代替名詞。指示代詞der(die、das、die)代替前面提到過的人或物，它既可單獨作名詞，也可用來限定名詞，常與地點狀語連用。它們有性、數和格的變化。

舉一反三

1. Mein Sohn spielt kein Instrument. ________ macht Musik keinen Spass.
   我兒子不玩樂器，他對音樂不感興趣。
2. Uta hat wenig gegessen. Das Essen hat ________ nicht geschmeckt.
   烏塔吃得很少。飯菜不合她的口味。
3. Mein Vater und ________ Kollegen besuchen das Museum.
   我父親和他的同事去參觀博物館。

答案：1. Dem　2. der　3. dessen

請指出下列句中用專色的das是什麼詞。

Das sind die richtigen Romane.

正是這些小說。

問題解答

用專色的das是指示代詞，它可與作表語的單、複數名詞連用；它也可修飾整個句子，常放句首；它也可跟從句；das有時和不定代詞alles連用。

舉一反三
（請翻譯）

1. 就是這把鑰匙。
2. 布魯諾不想再工作。
   這事他已告訴我了。
3. 他所說的都是廢話。
4. 這一切我都知道。
5. 很抱歉，我們遲到了。
   這沒關係。

答案：1. Das ist der richtige Schlüssel.
2. Bruno will nicht mehr arbeiten.
   Das hat er mir schon gesagt.
3. Das, was er gesagt hat, ist Quatsch.
4. Das alles weiss ich.
5. Es tut uns Leid, dass wir uns verspätet haben.
   Das macht nichts.

請說出下列句中用專色的指示代詞是複數第幾格。

Bitte sagen Sie es denen, die nicht zum Unterricht gekommen sind!

請把此事告訴那些沒來上課的人！

問題解答

用專色的指示代詞是複數(die)的第三格。它後面常帶關係從句，作定語。指示代詞die（複數）的第二格有兩種形式derer和deren：derer作第二格賓語，大多跟關係從句；deren作定語，指前面提及的人或物。deren也是陰性單數第二格的指示代詞。

舉一反三

1. Die Fehler und ________ Folge sind schlimm.
   這些錯誤後果是極其嚴重的。
2. Ich erinnere mich ________, die an der Sitzung teilgenommen haben.
   我想起參加會議的人們。
3. Ich habe Frau Schulz in der Versammlung gehört. ________ Einstellung teile ich nicht.
   我聽了舒爾茨夫人在集會上的發言。她的觀點我不贊同。

答案：1. deren　2. derer　3. Deren

請說出下列兩句中用專色的單詞的詞類及用法。

Hier sind zwei Wege: dieser führt zum Karlsplatz, jener zur Kirche.

這有兩條路, 這條通向卡爾廣場, 那條到教堂。

問題解答

用專色的dieser和jener都是指示代詞，指示代詞dies-和jen-的指示意義比der(die、das、die)更明確，代替名詞用時兩詞常連用（jen-一般指稍遠的人或事物）。它們的變格與定冠詞一樣。

舉一反三

1. ________ Fernseher dort haben sie kürzlich gekauft.
   那台電視是他們買的。
2. Im Unterricht machen wir heute ________ Übungen.
   課堂上我們做這些練習。
3. Der Sohn ________ Frau hat gute Noten im Test gehabt.
   這位夫人的兒子在測驗中取得了好成績。
4. Auf ________ Seite des Flusses wohnt meine Verlobte.
   河的那邊住着我的未婚妻。
5. Wir haben uns über ________ und ________ unterhalten.
   我們聊了各種各樣的事兒。

答案：1. Jenen 2. diese 3. dieser 4. jener 5. dieses, jenes

請指出下列句中用專色的單詞的詞類及變格方式。

Sie hat denselben Rock an wie gestern.

她穿的還是昨天那條裙子。

問題解答

用專色的單詞是指示代詞，前半部分der (die、das、die)按定冠詞變化，後半部分selb- 按形容詞弱變化變，意思是“同一個”。用來指前面提到的同一個人或物，既代替名詞，也可作定語。與它意思相同的有derselbig-、der nämlich-。

舉一反三

1. Seit vier Jahren wohnen wir in ________ Studentenheim.
   四年來我們住在同一學生宿舍。
2. Sie ist ________ geblieben.
   她總是那樣。
3. Wir haben diesen Kindern ________ Geschenke gekauft.
   我們給這些孩子買了同樣的禮物。
4. Ist das ________ Mann , der uns angesprochen hat?
   這跟我們打招呼的是同一個人嗎？

答案：1. demselben　2. dieselbe　3. dieselben　4. derselbe

請解釋下列句中用專色的指示代詞selbst的用法。

Du musst es selbst tun.

你必須親自動手做這事。

問題解答

指示代詞selbst (selber) 強調前面提到過的或本來就熟悉的人或物，它的形式永遠不變，在句中作定語或同位語。但只有selbst能放某個句子成分前作副詞。

舉一反三
（請翻譯）

1. 這事我自己也覺得不愉快。
2. 這五歲男孩已會自己穿衣。
3. 這老人總是自言自語。
4. 甚至連最簡單的她都不懂。
5. 我親耳聽說他得了獎學金。

答案：1. Das ist mir selbst unangenehm.
2. Der fünfjährige Junge kann sich selbst anziehen.
3. Die Alte spricht immer mit sich selbst.
4. Selbst das Einfachste kann sie nicht verstehen.
5. Ich selbst habe gehört, dass er ein Stipendium erhalten hat.

請指出下列句中的指示代詞solch是怎麼變化的。

Solchen Mann habe ich noch nicht gesehen.

這樣的男人我沒見過。

問題解答

指示代詞solch-的變化同定冠詞。如果它放不定冠詞前就無詞尾；放在不定冠詞後就按形容詞變；如放形容詞前，它可以無詞尾，形容詞則按強變化變。solch-可單獨作主語或賓語，也可作定語。

舉一反三

1. Deine Jacke gefällt mir. Ich möchte auch eine ________ kaufen.
   我喜歡你的夾克, 我也想買這種。
2. Bei ________ schönem Wetter können wir durch den Wald wandern.
   在這樣的好天氣裏我們可以到森林裏漫步。
3. Ein ________ Kleinod haben wir noch nicht gesehen.
   這樣的寶石我們還沒見過。
4. Gibt es in euerer Hochschule ________ ein hohes Unterrichtsgebäude?
   你們大學有這樣高的教學樓嗎?

答案： 1. solche　2. solch　3. solches　4. solch

請解釋下列句中用專色的兩部分的關係。

Sie hat zwei Schwestern; die eine ist verheiratet, die andere noch nicht.

她有兩個姐妹，一個已婚，一個未婚。

問題解答

用專色的兩部分是成對的指示代詞。它的意義與dieser、jener相似，ein-、ander-如形容詞弱變化。

舉一反三

（請翻譯）

1. 這個來了，那個走了。
2. 一些人贊成這計劃，另一些人反對。
3. 那兒有兩個學生，老師對一個很滿意，對另一個不滿意。
4. 非此即彼。

答案：1. Der eine kommt, der andere geht.
2. Die einen sind für den Plan, die anderen sind dagegen.
3. Dort stehen zwei Schüler. Die Lehrerin ist mit dem einen zufrieden, mit dem anderen unzufrieden.
4. Entweder das eine oder das andere.

請指出下列句中用專色的單詞的詞類及用法。

Ist das ein Füller?

Ja, das ist einer.

Nein, das ist keiner.

這是一支鋼筆嗎？

是的，是一支鋼筆。

不，這不是一支鋼筆。

問題解答

兩個用專色的單詞都是不定代詞，有性、數、格的變化。ein-用來代替前面提到過的帶不定冠詞的名詞，無第二格和複數。kein-則否定帶不定冠詞或不帶冠詞的名詞，也可單獨用。

舉一反三

1. Hast du einen hölzernen Armreif?

   Ja, ich habe ________.

   你有個木手鐲嗎？

   是的，我有。

2. ________ Mensch war auf der Strasse.

   街上沒一個人。

3. Haben wir noch Eier zu Hause?

   Nein, wir haben zu Hause ________ mehr.

   家裏還有蛋嗎？

   不，家裏再沒蛋了。

答案：1. einen 2. Kein 3. keine

請解釋下列句中用專色的不定代詞all-為什麼是強變化。

Aller Anfang ist schwer.

萬事開頭難。

問題解答

因為不定代詞all-作定語時在不帶冠詞的名詞前應是強變化。all-可作定語，同位語，也可單獨用，如果它位於定冠詞、指示代詞和物主代詞前常用不變形式；在人稱代詞後變格如形容詞強變化。其中alles指物，後跟名詞化的形容詞，該形容詞是弱變化。

舉一反三

1. Viele Touristen aus all________ Welt kommen jährlich nach Beijing.
   每年有許多世界各地的旅遊者到北京。
2. All________ ist in Ordnung.
   一切準備就緒。
3. Sie hat all________ ihr Geld verloren.
   她把所有的錢都弄丟了。
4. Wir all________ müssen von ihm lernen.
   我們所有人都要向他學習。
5. Ich wünsche Ihnen all________ Gute!
   我祝您一切順利！

答案：1. er　2. es　3. /　4. e　5. es

請指出下列句中用專色的不定代詞作什麼成分。

Viele Menschen sind zur Feier gekommen.

許多人來參加慶祝活動。

問題解答

用專色的不定代詞作定語。不定代詞viel-與複數名詞連用要變格, 和抽象及物質名詞或名詞化的形容詞(該形容詞是強變化)連用則不變格；它與定冠詞,物主代詞和指示代詞連用就按形容詞弱變化變。它也可以單獨用。與viel-用法相似的還有不定代詞wenig-。

舉一反三

1. Mit viel________ Menschen wurde darüber diskutiert.
   已和許多人討論過這事。
2. Ich wünsche Ihnen viel________ Glück!
   我祝您幸福！
3. Was macht ihr mit eurer viel________ Freizeit?
   你們那麼多業餘時間在幹什麼？
4. Viel________ haben an dem Fest teilgenommen, nur wenig________ fehlten.
   許多人參加了慶祝活動，有少數幾個沒來。
5. Sie haben viel________ Neues gehört.
   他們聽到了許多新鮮事。

答案：1. en　2. /　3. en　4. e, e　5. /

請指出下列句中用專色的單詞的詞類和用法。

Sie geht jeden Sonntag zur Kirche.

她每個星期天都去教堂。

問題解答

用專色的單詞是不定代詞，jed-的變化同定冠詞，它只有單數形式，作定語、主語或賓語 。當它與序數詞連用表示時間“每隔……”時可以和alle 加基數詞互換。

舉一反三

1. Sie fährt jed________ Jahr einmal nach China.
   她每年去一次中國。
2. Jed________ Mensch muss essen.
   每個人都得吃飯。
3. Am Ende jed________ Monats kommt er nach Hause.
   他每個月底回家。
4. Er dankt jed________, der ihm geholfen hat.
   他感謝每個幫助過他的人。
5. Bei uns kennt jed________ jed________.
   我們這兒誰都認識誰。
6. ________ ________ ________ machen wir sauber.
   每兩天我們做一次清潔。

答案：1. es　2. er　3. es　4. em　5. er, en　6. Jeden zweiten Tag/ Alle zwei Tage

請指出下列句中用專色的單詞的詞類和用法。

Es gibt einige Fehler zu verbessern.

有幾個要改正的錯誤。

問題解答

用專色的單詞einige是不定代詞，作定語。它也可單獨作主語和賓語，其中只有修飾物質名詞和表示概念時用單數形式einiges（只能指物）。另一個與einige用法相似的不定代詞是mehrer-。

舉一反三

1. Unser Haus steht in einig________ Entfernung von der Schule.
   我們家離學校不遠。
2. Sie besah die Bilder und wählte einig________ aus.
   她仔細看了這些畫並挑了幾幅。
3. Einig________ meiner Freunde haben mich besucht.
   我的幾個朋友來看了我。
4. Wir haben noch einig________ zu besprechen.
   我們還有些事要商量。
5. In der Aufführung ist einig________ Gutes zu finden.
   這場演出有幾處精彩的地方。
6. Ich will noch mehrer________ Fragen stellen.
   我還想提幾個問題。

答案：1. er　2. e　3. e　4. es　5. es　6. e

請指出下列句中用專色的單詞的詞類及用法。

Manche Schüler gehen gern ins Jugendzentrum.

有些青年人喜歡到青年活動中心去。

問題解答

用專色的單詞是不定代詞。manch-用來説明同一類人或事物中的一部分。它作定語時變格同定冠詞；代物時與名詞化形容詞連用，該形容詞要變格；manch-在不定冠詞前不變格；單獨用時無第二格。

舉一反三

1. Er wohnt hier manch________ Jahr.
   他住這兒好幾年了。
2. Diese Strasse ist an manch________ Stellen beschädigt.
   這條街有幾處壞了。
3. Ich habe Ihnen manch________ Gutes zu erzählen.
   我有些好消息告訴您。
4. Manch________ einer hat sich schon darüber gewundert.
   有些人已經對此感到奇怪了。
5. In manch________ hatte sie recht.
   有幾點她是對的。

答案：1. es　2. en　3. es　4. /　5. em

請回答下列句中用專色的單詞是什麼詞。

Was sagt man da auf Deutsch?

用德語怎麼說？

問題解答

用專色的單詞man是不定代詞。man可指一個人，也可指一批人，它作主語，動詞永遠用單數；第四和第三格分別為einen、einem，作直接、間接或介詞賓語。

舉一反三

1. So enttäuscht ________ das Leben.
   生活這樣使人失望。
2. Im Supermarkt bedienen ________ keine Verkäufer.
   超級市場裏沒有售貨員服務。
3. Was wünscht ________ ________ in Deutschland zum Geburtstag?
   在德國人們怎樣向人祝賀生日？
4. ________ muss arbeiten, um Geld zu verdienen.
   為了掙錢，得工作。
5. Was ________ gern tut, das fällt ________ nicht schwer.
   喜歡做的事就不會使人感到吃力。

答案：1. einen　2. einen　3. man, einem　4. Man　5. man, einem

請說出下列句中用專色的部分的詞類及用法。

Habt ihr schon etwas von ihr gehört?

你們聽到過有關她的消息嗎？

問題解答

用專色的部分是不定代詞，etwas只有形式相同的第一、四格(否定用nichts)，只能代物，永遠是單數。etwas如與名詞化形容詞連用，該詞強變化；它可與物質或抽象名詞、形容詞連用，還可跟帶zu的不定式。

舉一反三

(請翻譯)

1. 他對音樂一竅不通。
2. 這晚沒發生什麼特別的事。
3. 您還有什麼要寫的嗎？
4. 你需要一點兒勇氣。
5. 主編認為她的文章批評性太強了一點。

答案：1. Er versteht nichts von Musik.
2. An diesem Abend war nichts Besonders los.
3. Haben Sie noch etwas zu schreiben?
4. Du brauchst etwas Mut.
5. Der Chefredakteur fand ihren Artikel etwas zu kritisch.

請說出下列句中用專色的兩個單詞有何關係。

War gestern jemand im Büro?

Nein, gestern war niemand da.

昨天辦公室有人嗎？

不，沒人。

問題解答

niemand是對jemand的否定。這兩個不定代詞只能用來代人，永遠是單數。在主、賓語難以分清時、用von代第二格；後面跟定語時，其三、四格詞尾不能省；跟名詞化形容詞(形容詞為強變化)和anderes連用時不加詞尾。

舉一反三
(請翻譯)

1. 如果您不來，請跟你們小組的哪位說一聲。
2. 他接到某人的電話。
3. 他沒跟其他任何人談過。

答案：1. Wenn Sie nicht kommen, sagen Sie es bitte jemandem in euerer Gruppe.
2. Er bekam von jemandem einen Anruf.
3. Er hat niemand anderes gesprochen.

介詞

請說出下列句中用專色的部分的構成，在句中作什麼成分。

Sie hat das Haus auf drei Jahre gemietet.

她租用這房子，為期三年。

問題解答

用專色的部分是由介詞auf(A) 加名詞構成的，auf支配第四格，作時間狀語。介詞與名詞、代詞或形容詞連用構成介詞片語，在句中可作狀語、賓語、定語、介詞賓語和謂語動詞補足語。介詞還可純粹起句法作用，此時介詞受有關名詞、動詞或形容詞的支配，本身意義淡化。

舉一反三

1. Er hat sein Ziel ________ besondere Weise erreicht.
   他以特殊的方式達到了目的。
2. Das Gepäck ________ dem Tisch ist erst heute morgen angekommen.
   桌上的包裹是今早才到的 。
3. Er achtet sehr ________ seine Kleider.
   他很注意衣着。
4. Wir wohnen ________ dem Land.
   我們住在鄉下。

答案：1. auf　2. auf　3. auf　4. auf

請解釋下列句中用專色的介詞為什麼沒有格的要求。

Man hält sie für geizig.

人們認為她小氣。

問題解答

介詞通常放名詞或代詞前，同時規定名詞或代詞的格，但介詞在形容詞或副詞前沒有格的要求。有時介詞位於被它支配的詞後面。由兩部分構成的介詞將它支配的詞放中間，構成框架。

舉一反三

1. Das Auto fährt ________ der Kreuzung ________ rechts.
   小車在十字路口向右拐了。
2. Seiner Freundin ________ hat er den Mantel gekauft.
   他為使女友高興買了這大衣。
3. ________ ihres Kindes ________ arbeitet sie jetzt halbtags.
   為了孩子的緣故她現在工作半天。
4. ________ Mittwoch ________ habe ich Zeit.
   從星期三開始我就有空了。

答案：1. an, nach　2. zuliebe　3. Um, willen　4. Von, an

介詞

請回答下列句中用專色的介詞能否放名詞Fluss前。

Die Strasse führt den Fluss entlang.

這條街沿河延伸。

問題解答

能。介詞entlang後置時支配第四或第三格（多為第四格），前置時支配第三或第二格（多為第三格），例句變成："Die Strasse führt entlang dem Fluss."與此相似的、既可前置，又可後置而意思不變的介詞有nach、wegen、entsprechend、gegenüber、gemäss、zugunsten等。

舉一反三
（請翻譯）

1. 這故事是根據真人真事寫成的。
2. 因為寒冷的天氣我們只好呆在家裏。
3. 火車站對面是一幢新的高樓。
4. 他為兒子放棄了遺產。

答案：1. Die Geschichte wurde nach dem Leben geschrieben.
2. Der grossen Kälte wegen (Wegen der grossen Kälte) bleiben wir nur zu Hause.
3. Gegenüber dem Bahnhof (Dem Bahnhof gegenüber) steht ein neues Hochhaus.
4. Er hat zugunsten seines Sohnes auf das Erbe verzichtet.

請指出下列兩句中用專色的介詞的異同。

Seit Januar arbeite ich in dieser Firma.

從一月份開始我就在這家公司工作了。

Ab Januar arbeite ich in dieser Firma.

從一月份開始我將在這家公司工作。

問題解答

介詞seit和ab都表示時間“從什麼時候開始”，都支配第三格。區別在於：seit(D)表示從過去的某個時間持續到現在；而ab(D/A)則表示從將來或過去的某個時間開始某個動作。

舉一反三

1. ________ zwei Jahren habe ich ihn nicht gesehen.

   我兩年沒有見過他了。

2. ________ 1990 arbeitete er in China. Nach fünf Jahren kehrte er nach Deutschland zurück. ________ 1998 lebt er in Leipzig.

   從1990 年開始他在中國工作。五年後他回到德國。從1998年開始他生活在萊比錫。

3. ________ nächste/er Woche fängt der Unterricht nachmittags um 3 Uhr an.

   從下周開始我們下午三點鐘上課。

答案：1. Seit　2. Ab, Seit　3. Ab

請指出下列句中介詞an支配第幾格，介詞片語作什麼成分。

Am Abend gaben wir eine Party.

晚上我們開了晚會。

問題解答

介詞an支配第三格，介詞片語作時間狀語。介詞an除用於“靜三動四”外還表示時間和情態(形容詞最高級)。表示某天或某天中的某一時刻或某段時間用an，它也表示日期。而表示月、年、季節則用介詞in(D)。an還和介詞zu(D)用來表示節日。

舉一反三

1. ________ 3. 5. 1968 wurde er geboren.
   他生於1968年5月3號。
2. ________ Herbst gefällt es mir am besten.
   我最喜歡秋天。
3. Habt ihr ________ Montag keinen Unterricht?
   你們星期一沒課？
4. ________ Juli beendete sie ihr Studium.
   7月她就已結束了學業。
5. ________ Weihnachten denkt man an die Geburt des Christkindes.
   聖誕節人們紀念聖嬰的誕生。

答案：1. Am　2. Im　3. am　4. Im　5. An/ Zu

請指出下列句中用專色的介詞在意義上的區別。

Der Tisch steht an der Wand.

桌子靠着牆放着。

Das Mädchen setzt sich neben seine Grossmutter.

這個女孩兒坐到她祖母身邊去。

問題解答

兩個介詞都有“旁邊”的意思，它們的區別在於：an(D/A)表示“緊挨，靠着，貼着”；而neben(D/A)表示“旁邊，近旁”。

舉一反三

1. Das Bild hängt ________ der Wand.
   這幅畫掛在牆上。
2. Der Junge ging ________ Fenster und sah hinaus.
   男孩走到窗前向外望去。
3. Michael sitzt ________ mir.
   米夏埃爾坐在我旁邊。
4. Ich habe mein Bett ________ die Tür gestellt.
   我把我的床放到門邊。
5. Er arbeitet ________ Schreibtisch.
   他在書桌前工作。

答案：1. an　2. ans　3. neben　4. neben　5. am

請指出下列句中用專色的介詞auf支配第幾格。

Sie geht auf den Markt, um etwas zu kaufen.

她去市場買東西。

問題解答

介詞auf支配第四格，表示最終地點，位於一些表示公共場所、政府機構等的名詞前。“靜三動四”的規則也適用於auf；auf還可代替für表示星期、月、年等時間，也可表示方式並用於最高級；如果表示連續，auf位於兩個不帶冠詞的名詞之間。

舉一反三
(請翻譯)

1. 去郵局把信寄了！
2. 他已消失了一段時間。
3. 這用德語怎麼說？
4. 老師已講得最清楚不過了。
5. 陌生人步步走近他。

答案：1. Gehe auf das Postamt und schicke den Brief ab!
2. Er verschwand auf lange Zeit.
3. Wie heisst das auf Deutsch?
4. Der Lehrer erklärte es auf das deutlichste.
5. Schritt auf Schritt kam der Fremde auf ihn zu.

請指出下列兩句中用專色的介詞在用法上的區別。

Die Lampe hängt über dem Tisch.

燈掛在桌子的上方。

Dein Kaffee ist auf dem Tisch.

你的咖啡在桌子上。

問題解答 兩句話中的介詞都是"上"的意思，它們的區別在於：介詞über(D/A)表示在某物上方，不接觸物體表面；而auf(D/A)表示放在某物的上面，要接觸到表面。

舉一反三

1. Man hat eine Brücke ________ den Fluss gebaut.
   人們在河上修了一座橋。
2. ________ der Stadt liegt der Rauch in einer dichten Wolke.
   城市上空濃煙彌漫。
3. Die Touristen steigen ________ den Berg.
   遊客正在登山。
4. Der Flugzeug fliegt ________ der Ostsee.
   飛機在波羅的海上空飛。
5. Blätter schwimmen ________ dem Wasser.
   葉子在水上漂。

答案：1. über　2. über　3. auf　4. über　5. auf

請指出下列句中介詞aus支配第幾格，介詞片語作什麼成分。

Die Kinder laufen aus dem Garten.

孩子們跑出花園。

問題解答

介詞aus只能支配第三格，介詞片語作狀語。aus除了表示地點、出生、來歷或出處等，也表示材料“由……製成”，這時aus後為無冠詞的名詞。它還表示變化的出發點“由……產生”。

舉一反三
(請翻譯)

1. 他從地窖裏拿了白菜。
2. 她出身於工人家庭。
3. 他把他童年時的照片給我們看。
4. 他雕了一個木像。
5. 這條小河成了湍急的河流。

答案：1. Er hat Weisskohl aus dem Keller geholt.
2. Sie stammt aus einer Arbeiterfamilie.
3. Er zeigt uns die Bilder aus seiner Kindheit.
4. Er schnitzte eine Figur aus Holz.
5. Aus dem kleinen Fluss war ein reissender Strom geworden.

請問下列句中用專色的兩個介詞用法有何不同。

Ich komme aus Leipzig.

我是萊比錫人。

Ich komme von Leipzig.

我從萊比錫來。

問題解答

在引導方向補足語時，aus(D)表示是某個地方的人，而von (D)則表示從某個地方來，不表示出生地和國籍。此外aus 還表示從裏面出來，von表示從某人處來。對aus提問用woher，對von提問用woher或von wem。

舉一反三

1. ________ ________ kommst du?

   你從誰那兒來？

   Ich komme ________ Peter.

   我從彼得那兒來。

2. Er kam ________ der Bibliothek mit einem Buch.

   他拿着一本書走出圖書館。

2. Karl kommt gerade ________ der Arbeit.

   卡爾剛下班。

4. Die Schule ist aus. Die Kinder gehen ________ dem Klassenzimmer.

   放學了，孩子們走出教室。

答案：1. Von wem, von 2. aus 3. von 4. aus

請解釋下列兩句中用專色的介詞有何不同。

Aus Eitelkeit will sie keine Brille tragen.

由於虛榮她不願帶眼鏡。

Der kleine Junge schreit vor Schmerzen.

由於疼痛小男孩叫了起來。

問題解答

用專色的介詞aus和vor都可以表示原因，後面的名詞不帶冠詞。但aus表示一種主觀感受，導致的是有意識的行為；vor表示一種對外界刺激感覺的心理活動或無意識的行為。

舉一反三

1. Sie zitterte ________ Angst.
   她嚇得發抖。
2. ________ Angst vor dem Vater wagte er sich nicht nach Hause.
   由於害怕父親，他不敢回家。
3. ________ welchem Grund sind Sie gekommen?
   出於什麼原因您來了？
4. Er ist rot ________ Zorn.
   因為憤怒他臉紅了。

答案：1. vor　2. Aus　3. Aus　4. vor

請回答下列句中用專色的介詞支配第幾格，在句中作什麼成分。

Familie Meyer wohnt ausserhalb der Stadt.

邁爾一家住在市郊。

問題解答

用專色的介詞ausserhalb支配第二格，表示“在……外”，在句中作地點狀語。它還可以表示時和範圍，相應的反義詞是innerhalb。

舉一反三
（請翻譯）

1. 工作時間之外他喜歡運動。
2. 她對這問題不感興趣。
3. 這屬於社會內部矛盾。
4. 許多老人更願在國內生活。
5. 接待時間之外很難找到他。

答案：1. Ausserhalb der Arbeitszeit treibt er gern Sport.
2. Diese Problematik liegt ausserhalb ihres Interesses.
3. Das gehört zu den Widersprüchen innerhalb der Gesellschaft.
4. Viele alte Leute leben lieber innerhalb ihres Vaterlandes.
5. Ausserhalb der Sprechstunde ist er schwer zu erreichen.

請指出下列句中用專色的介詞片語作什麼成分。

Gestern Abend war ich bei meinen Eltern.

昨晚我在我父母處。

問題解答

介詞片語作地點狀語。介詞bei支配第三格，表示在某人處，bei表示地點時還有“在……附近”，“在哪兒任職”的意思。bei也可表示條件和具有同時性的時間。

舉一反三（請翻譯）

1. 在我們中國過春節時放鞭炮。
2. 天津位於北京附近。
3. 三年來她任職於西門子公司。
4. 談話時發生了爭吵。
5. 如果天氣好，我就常去散步。
6. 他在托馬斯那兒。

答案：1. Bei uns in China machen wir am Frühlingsfest ein Feuerwerk.
2. Tianjin liegt bei Beijing.
3. Seit drei Jahren ist sie bei Siemens angestellt.
4. Beim Gespräch kam es zum Streit.
5. Bei schönem Wetter gehe ich oft spazieren.
6. Er ist bei Thomas.

請解釋下列句中用專色的介詞bis後面為什麼還跟一個介詞。

Er wartet bis nach der Vorlesung.

他一直等到下課後。

問題解答

介詞bis(A)可以和其他介詞連用，名詞的格受第二個介詞支配。bis也可以直接加名詞第四格或副詞，用於表示時間或地點的終點，也用來表示數量。bis還可作為時間連詞用。

舉一反三

1. Sie lebte ________ 1954.

   她活到1954年。

2. Das Sportfest dauert ________ April.

   運動會開到四月。

3. Sie arbeiten noch ________ ________ die Mittenacht.

   他們一直工作到深夜。

4. Der Zug fährt ________ Beijing.

   這火車一直開到北京。

5. Er fährt das Auto ________ ________ das Haus.

   他把車一直開到房子前。

6. In einer Klasse sind ________ 30 Schüler.

   一個班最多30個學生。

答案：1. bis　2. bis/ bis zum　3. bis in　4. bis/ bis nach　5. bis vor　6. bis/ bis zu

請指出下列句中用專色的介詞片語作什麼成分。

Sieh mal das Auto durch das Fenster!

透過窗戶看轎車吧！

問題解答

介詞片語作狀語。介詞durch支配第四格，表示地點，指通過或在某一範圍內的運動；它也表示行為方式，由人或物作媒介；它還表示情態，指用工具、材料等。durch還用於被動態和一些習慣用法中。

舉一反三
（請翻譯）

1. 我們進行了一次中國之旅。
2. 他是通過他嬸嬸認識她的。
3. 通過勞動局我找到了一份工作。
4. 吃一塹長一智。

答案：1. Wir haben eine Reise durch China gemacht.
2. Er hat sie durch seine Tante kennengelernt.
3. Durch das Arbeitsamt habe ich eine Stelle gefunden.
4. Durch Schaden wird man klug.

請回答下列句中用專色的介詞片語作什麼成分。

Er arbeitet für seine Familie.

他為他的一家而工作。

問題解答

用專色的介詞片語作目的狀語。介詞für支配第四格，它還可以用來表示物件和對比關係，如果表示連續，für就位於兩個不帶冠詞的名詞之間，它也可表示一段持續的時間。

舉一反三（請翻譯）

1. 他把這篇課文逐字逐句地翻譯出來了。
2. 她要出門旅行一個月。
3. 就一個外國人而言他的英語說的不錯。
4. 這有利於健康。
5. 我已代你簽了名。
6. 你贊成誰？

答案：1. Er hat diesen Text Wort für Wort übersetzt.
2. Sie will für einen Monat verreisen.
3. Für einen Ausländer spricht er gut Englisch.
4. Das ist gut für die Gesundheit.
5. Ich habe für dich unterschrieben.
6. Für wen stimmst du?

請指出下列句中用專色的介詞gegen支配第幾格。

Das Zimmer liegt gegen Norden.

這房子朝北。

問題解答

介詞gegen支配第四格。gegen表示地點，指方向。它還表示反對、對抗、比較和時間等。

舉一反三

1. 我女朋友反對我的建議。
2. 小車撞到了一棵樹。
3. 火車大約8點到。
4. 我們今天和日語系的學生打籃球。
5. 他們逆流而游。

答案：1. Meine Freundin ist gegen meinen Vorschlag.
2. Das Auto ist gegen einen Baum gefahren.
3. Der Zug kommt gegen 8 Uhr an.
4. Wir spielen heute gegen die Studenten der japanischen Abteilung Basketball.
5. Sie schwimmen gegen den Strom.

請指出下列句中用專色的三個介詞有何不同。

Laut ärztlicher Verordnung musst du im Bett liegen.

根據醫囑你需臥床休息。

Meiner Meinung nach hast du Recht.

在我看來你是對的。

Ihrem Auftrag gemäss habe ich ihr geschrieben.

遵照您的委託我已給她寫了信。

問題解答

laut是官方用語，支配第二或第三格，只能前置；nach是日常用語，支配第三格，前後置均可；gemäss是書面用語，支配第三格，一般置於名詞後。

舉一反三

1. ________ Wetterbericht gibt es heute Regen.

   根據天氣預報今天有雨。

2. Sie sind dem Gesetz ________ verurteilt worden.

   按照法律對他們進行了判決。

3. Er kann sich nur ________ dem richten, was sein Vater gesagt hat.

   他只能按他父親說的去做。

4. Die Welt ist ihrer Natur ________ materiell.

   世界按其本質來說是物質的。

答案：1. Laut 2. gemäss 3. nach 4. nach

請比較下列句中用專色的三個介詞有何異同。

Geht er zur Mensa?

他去食堂嗎？

Ich fahre nach Österreich, aber Hans fährt in die Schweiz.

我到奧地利，漢斯卻去瑞士。

問題解答

三個介詞都可以表示方向，但zu不能放在國名或地名前；in用於帶冠詞的國名前，它與zu的區別還在於in要強調進入某個空間，而zu只是指往某個方向或到某人處；nach用於不帶冠詞的國名或地名前。

舉一反三

1. Fahren Sie ________ Berlin?
   您到柏林去？
2. Wohin gehst du?
   Ich gehe ________ die Bibliothek.
   你去哪兒？
   我去圖書館。
3. Er soll ________ seinem Arzt gehen.
   他該去看醫生。
4. Wann fahrt ihr ________ die Türkei?
   你們什麼時候去土耳其？

答案：1. nach　2. in　3. zu　4. in

請比較下列句中用專色的兩個介詞。

Infolge des Nebels können Flugzeuge nicht starten.

由於濃霧飛機不能起飛。

Wegen der Kälte blieben sie abends zu Hause.

由於寒冷他們晚上就呆在家裏。

問題解答

infolge支配第二格，多用於說明由於外來影響而產生的結果，強調前因後果，只能前置，可與其他介詞連用；wegen支配第二格(口語中也支配第三格)，可後置，用於說明原因或理由。

舉一反三

1. ________ eines Unfalls konnte ich nicht pünktlich zur Arbeit kommen.
   由於交通事故我沒能準時上班。
2. ________ des Unfalls war die Strasse gesperrt.
   由於交通事故道路被封了。
3. Das Mädchen hat das nur ________ des Geldes getan.
   這女孩只是為了錢才幹這事。
4. ________ von Massenerkrankungen bleibt der Betrieb noch geschlossen.
   由於大批工人生病工廠一直未開工。

答案：1. Infolge 2. Infolge/ Wegen 3. wegen 4. Infolge

請回答下列句中用專色的名詞可否與其他介詞搭配。

Morgen fahren wir in die Xinhua-Strasse.

明天我們乘車去新華街。

問題解答

可以。德語中有些名詞和不同的介詞搭配意思就不同如：Straße和Fluss等。

舉一反三

1. Die Schüler laufen ________ die Strasse.
   學生們跑上街。
2. Die Jungen laufen ________ die Strasse.
   男孩們跑過街。
3. ________ der Strasse stehen viele Bäume.
   街邊有許多樹。
4. Meine Heimat liegt ________ Changjiang.
   我的家鄉在長江邊。
5. Sie müssen ________ den Fluss schwimmen.
   他們必須游過河。
6. Im Sommer schwimmen Kinder ________ Fluss.
   夏天孩子們在河裏游泳。

答案：1. auf 2.über 3. An 4. am 5. durch 6. im

請回答下列句中用專色的介詞片語作什麼成分。

Mit Absicht hat sie das getan.

她故意這麼做的。

問題解答

用專色的介詞片語作情態狀語。介詞mit支配第三格，可表示方式、方法和使用的工具，還表示附屬和配備關係等。在表示用工具和伴隨狀況時，mit的反義詞是ohne(A)。

舉一反三（請翻譯）

1. 請用這支鉛筆寫！
2. 我和他一起去看電影。
3. 隨着年齡的增長他變得理智了。
4. 我租了一間帶廚房的房間。
5. 用這把鑰匙開門吧！
6. 他們沒帶孩子來。
7. 沒字典我無法讀這本書。

答案：1. Schreibe bitte mit diesem Bleistift!
2. Ich gehe mit ihm ins Kino.
3. Mit zunehmendem Alter wurde er vernünftig.
4. Ich habe ein Zimmer mit Küche gemietet.
5. Öffnen Sie bitte mit dem Schlüssel die Tür!
6. Sie kamen ohne ihre Kinder.
7. Ohne das Wörterbuch kann ich das Buch nicht lesen.

介詞

請解釋下列句中用專色的介詞表示什麼。

Wir flogen von Beijing nach Shanghai.

我們從北京飛到上海。

問題解答

介詞von 表示一段距離的始點，這時它要和另一個介詞各支配一個名詞。von支配第三格，它還用於表示所屬關係、日期或時間的起點，也用來表示某種特性並用於被動態中。

舉一反三

（請翻譯）

1. 他從銀行取了錢。
2. 你收到我4月23日的信了嗎？
3. 這孩子一下從我身邊跑向他母親。
4. 從今天開始我有空了。
5. 她是我的一位朋友。
6. 她受到老師的表揚。

答案：1. Er hat das Geld von der Bank abgeholt.
2. Hast du meinen Brief vom 23. April erhalten?
3. Das Kind lief gleich von mir zu seiner Mutter.
4. Von heute an habe ich frei.
5. Sie ist eine Freundin von mir.
6. Sie wurde von ihrem Lehrer gelobt.

請指出下列句中用專色的介詞片語作什麼成分。

Sie kam zu Fuss.

她是走路來的。

問題解答

用專色的介詞片語作表情態的狀語，介詞zu支配第三格，它表示方式、方法；zu還表示方向和在某人處；也表示時間，指某一時刻或一段時間；此外還表示目的和價格。

舉一反三

（請翻譯）

1. 他去誰那兒了？
2. 我們12點吃午飯。
3. 我們要坐船旅行。
4. 春節全家團圓。
5. 我到德國學習。
6. 他買了一雙42馬克的鞋。

答案：1. Zu wem ging er?

2. Um 12 Uhr essen wir zu Mittag.

3. Wir wollen eine Reise zu Schiff machen.

4. Zum Frühlingsfest kommt die ganze Familie zusammen.

5. Ich fliege zum Studium nach Deutschland.

6. Er kaufte ein Paar Schuhe zu 42 DM.

請區分下列句中用專色的三個介詞。

Vor zwei Jahren haben sie eine Reise gemacht.

兩年前他們出去旅行了一次。

Nach dem Unterricht sprechen wir darüber.

下課後我們再談這事。

In zwei Wochen fahren sie in Urlaub.

兩周後他們去度假。

問題解答

三個介詞在句中都表示時間(vor和in支配第三格)。區別在於:in表示將來的某個時候;vor表示在説話之前或某個動作、狀態延續到某個時刻之前;nach(D)表示在某個時刻後發生的事。

舉一反三

1. ________ der Befreiung konnte sie zur Schule gehen.
   解放後她才得以上學。
2. ________ drei Jahren wollen wir ein Kind haben.
   我們三年後要孩子。
3. ________ den Ferien habe ich noch viel zu tun.
   放假前我還有很多事要做。
4. ________ dem Abendessen gehen wir oft eine Stunde spazieren.
   晚飯後我們常散步一小時。

答案:1. Nach 2. In 3. Vor 4. Nach

請回答下列句中用專色的單詞是什麼詞類。

Der Junge ist nur acht Jahre alt.

這男孩才8歲。

問題解答

acht是基數詞。基數詞表示某一數目和數量。對數目提問時用(wieviel?)，而對數量提問時就用(wie viele?)。基數詞分為簡單基數詞(如sieben)和派生基數詞(簡單基數詞去掉-en加-zig構成如siebzig)。德語的基數詞中有一些特殊的形式如：sechzehn、dreißig等。

舉一反三

1. ________ Geld hast du bei dir?

   你身上有多少錢？

   ________ Euro.

   60歐元。

2. ________ ________ Sprachen können Sie?

   您會幾種語言？

   ________.

   兩種。

3. Diese kleine Fabrik beschäftigt ________ Arbeiter und Angestellte.

   這家小工廠有100名職工。

答案：1. Wieviel, Sechzig　2. Wie viele, Zwei　3. hundert

請回答下列句中用專色的基數詞是怎麼變化的。

Unsere Fabrik liegt einen Kilometer von hier entfernt.

我們工廠離這兒一公里遠。

問題解答

用專色的基數詞的原形是eins，它與一般名詞連用時變化同不定冠詞，需重讀。eins還可以單獨使用，作不定代詞，變化同形容詞強變化，但中性第一、四格為eins。

舉一反三

1. Herr und Frau Schneider haben ________ hübsche Tochter.

   施羅德夫婦有一個漂亮的女兒。

2. ________ meiner Kollegen spielt sehr gern Schach.

   我的一位男同事喜歡下棋。

3. ________ der Bilder gefällt mir.

   我喜歡其中的一幅畫。

4. Sie ist ________ der Verkäuferinnen, die in einem grossen Supermarkt arbeitet.

   她是在一家大超市工作的女售貨員中的一位。

5. Das ist ________ Kilogramm.

   這重一公斤。

答案：1. eine　2. Einer　3. Eins　4. eine　5. ein

請解釋下列句中用專色的基數詞是怎麼變化的。

Wer sind die Herren vor dem Haus?

Der eine ist Herr Baumann, den anderen kenne ich nicht.

房子前面的先生是誰？

一位是鮑曼先生，另一位我不認識。

問題解答

用專色的基數詞是eins的變格。eins與定冠詞一起使用，它的詞尾與形容詞弱變化相同。如果eins在物主代詞後，詞尾變化同形容詞混合變化。但eins在表示鐘點(Es ist eins.)、小數點前後及固定用法中不變。

舉一反三

1. Klara hat zwei gute chinesische Freundinnen, die ________ heisst Li, die andere heisst Yang.
   克拉拉有兩個要好的中國朋友，一個姓李，另一個姓楊。
2. Wir wurden ________.
   我們取得了一致看法。
3. Es ist jetzt zehn vor ________.
   現在是十二點五十分。

答案：1. eine　2. eins　3. eins

請回答下列句中用專色的beide用來代替什麼。

Zwei Kinder kommen. Beide möchten ins Kino gehen.

兩個孩子過來了，兩人都想去看電影。

問題解答

beide用來代替前面提到過的兩個人。beide和beides可代替先前提到過的兩個人或兩件東西。beide在冠詞和代詞後有詞尾變化。

舉一反三

1. Nehmen Sie die Hose oder das Hemd?

   Ich nehme ________.

   您要褲子還是襯衫？

   我兩樣都要。

2. Ihr ________ habt Mutters Geburtstag vergessen.

   你們倆都忘了母親的生日。

3. Diese ________ Sachen haben wir schon erledigt.

   這兩件事我們都已辦好了。

4. Wir ________ waren noch nicht in China.

   我們倆都還沒去過中國。

5. Er ist mit unserer ________ Arbeit zufrieden.

   他對我們倆的工作表示滿意。

答案：1. beides　2. beide　3. beiden　4.beide　5.beider

請比較下列句中三個用專色的部分的異同。

Ein bisschen Schmerz ist nicht zu vermeiden.

有點兒疼痛是免不了的。

Im Park gehen ein paar Leute spazieren.

公園裏有幾個人在散步。

Sie braucht ein Paar Strümpfe.

她需要一雙長統襪。

問題解答

三者都表示數量。ein bisschen修飾不可數名詞，它修飾主語時動詞為第三人稱單數。ein paar修飾可數名詞，修飾主語時動詞為第三人稱複數。這兩者均可與其他形容詞連用，形容詞為強變化。ein Paar表示對稱的一對整體，修飾主語時動詞為第三人稱單數。

舉一反三

1. Ich möchte ________ kalten Kaffee.
   我要些凍咖啡。
2. Mit ________ alten Unsitten wollte er aufräumen.
   他想破除些陳規陋習。
3. ________ Schuhe wollte er kaufen.
   他想買雙鞋。

答案：1. ein bisschen　2. ein paar　3. Ein Paar

請指出下列句中用專色的基數詞elf作什麼成分。

Er hat sich elf Weingläser gekauft.

他買了11隻葡萄酒杯。

問題解答

用專色的基數詞elf在句中作名詞的定語。基數詞也可放名詞後，表示順序；基數詞還可單獨用作名詞，在句中作主語和賓語，通常用陰性和單數形式。

舉一反三（請翻譯）

1. 慕尼黑的十月節為期大約兩周。
2. 這周我們學習第八課。
3. 克拉拉算術得了個三分。
4. 8在中國是個吉利數位。
5. 我們乘7路車回家。

答案：1. Das Oktoberfest in München dauert ungefähr zwei Wochen.
2. In dieser Woche beschäftigen wir uns mit der Lektion 8.
3. Klara hat im Rechnen eine Drei bekommen.
4. Die Acht ist in China eine Glückzahl.
5. Wir fahren mit der Sieben heim.

請回答下列句中用專色的基數詞是用來表達什麼的。

Wir sind um neun Uhr abends mit dem Flugzeug eingetroffen.

我們是乘飛機晚上9點到的。

問題解答

用專色的基數詞neun用來表達時間。基數詞還可用於表達年份、數學題和價格等。

舉一反三

（請請用德語寫出下列基數詞）

1. 年份：1993，2007
2. 鐘點：19.45（官方），8.40（非官方）
3. 數學題：8＋6＝14　10－3＝7
4. 價格：5,40 DM　0,49 DM

答案：1. (im Jahr) neunzehnhundertdreiundneunzig
(im Jahr) zweitausendsieben
2. neunzehn Uhr fünfundvierzig.
zwanzig vor neun/ zehn nach halb neun
3. Acht und/ plus sechs ist vierzehn.
Zehn weniger/ minus drei ist gleich sieben.
4. fünf Mark vierzig
neunundvierzig Pfennig

請指出下列句中用專色的部分是什麼詞類。

Der wievielte ist heute?

Heute ist der Vierte.

今天幾號？

今天4號。

問題解答

用專色的部分是序數詞。德語序數詞由基數詞加詞尾-t或-st構成。序數詞作定語時按形容詞弱變化變，前面要用定冠詞。序數詞如用在介詞zu後面表示方式或與形容詞最高級連用時則無詞尾變化，如：der viertbeste。序數詞如用阿拉伯數字表示，要加點號如：der 9(der Neunte)，對序數詞提問用der(die、das)wievielte。

舉一反三

1. Am ________ ________ beginnt das Sommersemester.
   2月20號春季開學。
2. Die ________ Wohnung gefällt ihr.
   她喜歡第七套房。
3. Üben Sie zu ________!
   請三人一組進行練習！
4. Im 100-Meter-Lauf war er der ________ Läufer.
   他獲得100米短跑第二名。

答案：1. zwanzigsten, Februar　2. siebte　3. dritt　4. zweitbeste

請指出下列句中用專色的部分是什麼詞。

Von den Mitgliedern unserer Mannschaft ist zwei Drittel aus Hubei.

我們三分之二的隊員來自湖北。

問題解答

用專色的部分是分數詞，表示整體的一部分。分數詞由序數詞加詞尾-el構成,它們也可以用數位表示。分數詞可以直接作名詞，大寫，為中性。

舉一反三

1. Er muss ________ ________ der Miete bezahlen.
   他要付四分之一的租金。
2. ________ ________ ihres Lohnes geben sie für Lebensmittel aus.
   他們把工資的五分之二用來支付食品。
3. Wir sind erst ________ ________ des Weges gegangen.
   我們才走了十分之一的路。
4. Er möchte ________ ________ Rotwein.
   他想要八分之三的紅葡萄酒。

答案：1. ein Viertel　2. Zwei Fünftel　3. ein Zehntel　4. drei Achtel

請解釋下列句中的分數詞為什麼小寫。

Geben Sie mir bitte ein drittel Liter Milch!

請給我三分之一升牛奶！

問題解答

句中的分數詞作形容詞，小寫且無詞尾變化。分數詞也可與名詞一起構成複合名詞如：ein Drittelliter(三分之一升)。分數中的一半和全部分別用halb和ganz表示，為形容詞，作定語時詞尾要變化；halb還可與帶分數連寫，詞尾無變化。

舉一反三

1. Ich nehme ________ ________ Pfund Wurst.
   我要四分之三磅香腸。
2. Wir haben auf dich ________ ________ gewartet.
   我們等了你三刻鐘。
3. Er blieb in China ein ________ Jahr.
   他在中國逗留了半年。
4. Sie hat ________ Pfund Obst gekauft.
   她買了兩磅半水果。
5. Wir sind vor ________ ________ Stunden angekommen.
   我們是一個半小時之前到的。

答案：1. drei viertel 2. eine Dreiviertelstunde 3. halbes 4. zweieinhalb 5. eineinhalb/ anderthalb

請指出下列句中用專色的單詞是什麼詞，怎麼構成的，作什麼成分。

Sie hat schon dreimal geschrieben und noch keine Antwort erhalten.

她已寫過三封信了，但還未收到回信。

問題解答

用專色的單詞dreimal是重複數詞，由基數詞drei加詞尾-mal構成的，作狀語，對它提問用wie oft或wievielmal。重複數詞作定語時詞尾為-ig，如：viermalig。德語中的倍數詞則是由基數詞加詞尾-fach構成的，它作狀語時提問用wie oft或wievielfach，作定語時有詞尾變化。

舉一反三

1. Durch ________ (fünf) Versuch ist es mir gelungen.
   經過五次試驗後我成功了。
2. Mit dem ________ (drei) Betrag konnte er das Haus wieder verkaufen.
   他以三倍的金額又賣了這房子。
3. ________ muss ich das Formular ausfüllen?
   這表我要填幾份？
   Füllen Sie es ________ (zwei) aus!
   請填兩份！

答案：1. fünfmaligen　2. dreifachen　3. Wie oft, zweifach/ doppelt

請指出下列句中用專色的單詞的詞類，在句中作什麼成分。

Er stand da und sah mir nach.

他站在那兒看着我。

問題解答

用專色的單詞da是地點副詞，在句中作狀語。地點副詞説明表靜態的謂語動詞在何地發生的，回答wo的提問。它可以作定語，無詞尾變化，放在所修飾的詞之後或其他詞類之前。大部分地點副詞之前加上介詞nach或von就可變成方向性副詞。

舉一反三
（請翻譯）

1. 孩子們喜歡在外面玩。
2. 這兒建了一所學校。
3. 他的房間在下面的第三層。
4. 她到上面去。
5. 我從那兒來。

答案：1. Die Kinder spielen gern draussen.
2. Die Schule ist hier gebaut worden.
3. Sein Zimmer befindet sich unten im zweiten Stock.
4. Sie geht nach oben.
5. Ich komme von dort.

請指出下列句中用專色的單詞是什麼副詞。

Bitte kommen Sie hierher!

請您到這兒來！

問題解答

用專色的單詞hierher是方向副詞。方向副詞説明謂語動詞從哪兒來(woher)以及到哪兒去(wohin)，它一般和具有運動動態或方向性含義的動詞連用。德語中常在地點副詞前加介詞von來構成方向副詞。

舉一反三

(請翻譯)

1. 這條路通向高處。
2. 登山者要下山了。
3. 我剛從那兒來。
4. 我們常去那兒。
5. 這房子從外面看上去挺漂亮。

答案：1. Der Weg führt aufwärts.
2. Die Bergsteiger werden abwärts gehen.
3. Ich komme gerade daher.
4. Wir fahren oft dahin.
5. Das Haus sieht ganz schön von aussen aus.

請指出下列句中用專色的兩個方向副詞之異同。

Komm doch mal her!

到這兒來！

Geh doch mal hin!

到那兒去！

問題解答

her表示朝着説話人的方向，hin表示離開説話人的方向或到一個目的地去。兩者均可與疑問副詞wo連用，也可與一些介詞組成新的副詞，還可作一些方向性動詞的字首。

舉一反三

1. ________ gehen Sie?

   您到哪兒去？

2. Sie kam die Treppe ________ zu mir.

   她下樓到我這兒。

3. Ich werde den Rhein ________ nach Freiburg fahren.

   我將坐船沿萊茵河向上到弗賴堡。

4. Der Mann öffnete seine Tasche und holte ein Buch ________.

   這男人打開包拿出一本書。

答案：1. Wohin　2. herunter　3. hinauf　4. heraus

請回答下列句中用專色的單詞是什麼詞類，作什麼成分。

Damals war er auch in Deutschland.

那時他也在德國。

問題解答

用專色的單詞damals是時間副詞，作狀語。時間副詞用來説明謂語動詞不同的時間概念，回答wann、wie lange等的提問。時間副詞可作定語，位於被修飾名詞之後，修飾其他詞類時前置。

舉一反三

1. Darüber diskutieren wir ________.
   這事我們稍後再討論。
2. Sie haben sich schon ________ nicht mehr gesehen.
   他們已很長時間沒見面了。
3. Die Frau hat ________ schwer gearbeitet.
   這婦人操勞一生。
4. Ich hatte ________ keine Zeit, Sie zu besuchen.
   到現在我一直沒時間來看您。
5. Die Arbeit ________ war zu schwer.
   昨天的工作太累了。

答案：1. später 2. lange 3. zeitlebens 4. bisher 5. gestern

請說出下列句中用專色的單詞是表示什麼的副詞。

Zufällig habe ich ihn auf der Strasse getroffen.

我偶然在街上遇到了他。

問題解答

用專色的單詞zufällig是表示方式方法的副詞。方式方法副詞說明謂語動詞的狀態、性質、數量、質量、程度及強度等情況，作狀語，用來回答wie的提問。也可前置，修飾形容詞或其他副詞。

舉一反三

1. Trinkst du ________ grünen Tee?
   你喜歡喝綠茶嗎？
2. Die Zwischenprüfung ist ________ schwer.
   分級考試相當難。
3. Heute musst du ________ hin.
   你今天一定得去。
4. Sie geht ________ oft tanzen.
   她常去跳舞。
5. Der Direktor weiss das ________ nicht.
   廠長一點不知道這事。

答案：1. gern　2. ziemlich　3. unbedingt　4. sehr　5. gar

請說出下列句中用專色的單詞是什麼副詞。

Er muss Überstunden machen. Deshalb kann er nicht kommen.

他得加班，所以不能來。

問題解答

用專色的單詞deshalb是原因副詞。原因副詞表示謂語動詞發生的原因、條件、結果、讓步及目的等，回答warum的提問。

舉一反三

1. Er war krank und konnte ________ nicht kommen.
   他生病了，所以不能來。
2. ________ gehe ich heute nicht aus.
   因為他的緣故我不出去了。
3. ________ will sie auf die Universität gehen.
   無論如何她要上大學。
4. ________ beendete der Direktor seine Rede.
   廠長就這樣結束了他的講話。
5. Er studiert fleissig, aber seine Leistung ist ________ nicht zufriedenstellend.
   他學習努力，儘管如此他的成績還是不能讓人滿意。

答案：1. daher 2. Seinetwegen 3. Jedenfalls 4. Hiermit 5. trotzdem

請指出下列句中用專色的部分是什麼詞類，針對什麼提問。

Sie studiert an der Fremdsprachenhochschule? Wo wohnt sie?

她在外語學院讀書？那她住哪兒？

問題解答

用專色的單詞wo是疑問副詞，針對地點狀語提問，除wo外，wohin、woher也對地點狀語提問。還有一些針對時間和原因狀語提問的疑問副詞如：wann、warum等。

舉一反三

1. ________ kommt er?

   他從哪兒來？

2. ________ fahren wir in den Ferien?

   假期我們到哪兒去？

3. ________ kommt er nicht zum Unterricht?

   為什麼他不來上課？

4. ________ ist das Frühlingsfest?

   春節是什麼時候？

5. ________ stellt sie den Telefonapparat?

   她把電話放哪兒了？

答案：1. Woher 2. Wohin 3. Warum 4.Wann 5. Wohin

請問下列兩句中用專色的單詞有何區別。

Leider kann er heute nicht kommen.

可惜他今天來不了。

Es ist wirklich schade, dass er heute nicht kommen kann.

真可惜他今天來不了。

問題解答

兩個單詞leider和schade均表示遺憾之意，它們的區別在於：leider是副詞，在句中作狀語；而schade是形容詞，只能與sein連用，作表語。

舉一反三

1. Dafür ist meine Zeit zu ________.

   我的時間花在這上面太可惜了。

2. Der Brief ist ________ noch nicht eingetroffen.

   可惜信還沒到。

3. ________, dass unsere Mannschaft den Wettkampf verloren hat.

   真遺憾，我們隊輸了這場比賽。

4. Sie hat sich beim Skilaufen ________ verletzt.

   滑雪時她不幸受了傷。

答案： 1. schade　2. leider　3. Schade　4. leider

請指出下列句中兩個用專色的部分的關係。

Mein Mann trinkt gern Kaffee, ich trinke lieber Tee.

我丈夫喜歡喝咖啡，我更喜歡喝茶。

問題解答

兩個用專色的部分gern、lieber分別是副詞原級和比較級。副詞比較級構成和形容詞一樣，但它只能作狀語和表語。副詞最高級表示強烈程度時可用介詞aufs/ins加上副詞的最高級……ste表達，或者用……stens來表示。

舉一反三

1. Er geht oft ins Konzert. Seine Frau geht ________ ins Kino.
   他常去聽音樂會，他妻子更常去看電影。
2. Ich bedanke mich für Ihre Hilfe aufs ________.
   對您的幫助，我致以最衷心的謝意。
3. Wir kommen ________ übermorgen zurück.
   我們最遲後天回來。
4. Der Vortrag dauert ________ bis vier, glaube ich.
   報告最多到4點，我想。

答案：1. häufiger　2. herzlichste　3. spätestens　4. höchstens

請指出下列句中用專色的部分的名稱、構成及作用。

Kannst du dich noch an den Garten erinnern?

你還記得那花園嗎？

Ja, ich kann mich daran erinnern.

是的，我還記得。

問題解答

用專色的部分daran叫指示代副詞，是由副詞da(r)加介詞an組成的一種特殊的複合副詞，它在句中指代介詞片語。另一種由疑問詞wo和介詞構成的複合副詞叫疑問代副詞，作疑問詞。介詞若以母音開頭要在介詞前加r。代副詞除指代介詞片語外，還可指代從句和不定式。

舉一反三

1. Heute Abend geben wir eine Tanzparty. Darf ich dich ________ einladen?

   今晚我們開舞會，我可以請你去嗎？

2. Ich habe ________ gehört, dass du Beamter wirst.

   我聽說，你要當公務員了。

3. Sie freute sich ________, die Prüfung bestanden zu haben.

   她高興通過了考試。

4. ________ protestieren die Studenten?

   學生們抗議什麼？

答案：1. dazu　2. davon　3. darüber　4. Wogegen

請回答下列句中代副詞davon能否省略。

Dass er eine Reise nach Italien macht, davon hat er geträumt.
他夢到去意大利旅行。

問題解答

davon不能省略。在主從複合句中如果從句在前，主句在後，代副詞不僅不能省略，還要位於主句句首。而代副詞指代從句或不定式時，省不省略要視動詞和詞序而定。

舉一反三

1. Dass Sie uns bei dieser Arbeit geholfen haben, ________ danken wir sehr.
   我們非常感謝您給我們的幫助。
2. Die Probleme haben ________ begonnen, dass die Studentenzahl gestiegen ist.
   問題始於學生人數上升。
3. Er besteht ________, in die Schule zu gehen.
   他堅持要上學。
4. Die Zulassungsbeschränkungen in einigen Fächern führen ________, dass man oft lange auf einen Studienplatz warten muss.
   某些專業入學名額的限制導致人們得花很長時間等一個學習名額。

答案：1. dafür　2. damit　3. darauf　4. dazu

請解釋下列句中用專色的部分不用代副詞的原因。

Mit wem ist sie in die Stadt gefahren?

她和誰進城了？

Mit ihrer jüngeren Schwester.

和她妹妹。

問題解答

因為指代人和生物時通常採用介詞+代詞的方式。代副詞一般用於非生物體。

舉一反三

1. Im letzten Jahr haben wir einen schönen Urlaub gemacht. Wir denken oft ________ zurück.

   去年我們過了一個愉快的假期，我們常想起這事。

2. Ihr Freund studiert in Deutschland. Sie denkt oft ________ ________.

   她的男朋友在德國學習，她常想念他。

3. ________ ________ sprecht ihr gerade?

   你們正在談論誰？

4. ________ sprecht ihr?

   你們在談什麼？

5. ________ ________ ist Herr Müller sehr zufrieden?

   米勒先生對誰很滿意？

答案：1. daran　2. an ihn　3. Von wem　4. Wovon　5. Mit wem

請說出下列句中用專色的單詞的詞性及用法。

Ich habe in Berlin und Hamburg studiert.

我在柏林和漢堡學習過。

問題解答

用專色的單詞und是並列連詞，用於連接並列的詞、片語或句子，如果並列句主語不同，則可加逗號，用正語序。

舉一反三

（請用連詞und連接下列句子）

1. Hans geht spazieren. Uta geht spazieren.
2. Die Kinder lesen. Die Kinder schreiben.
3. Sie geht ins Theater. Ihre Tochter geht ins Kino.
4. Die Aufgabe erfordert alle Kraft. Die Aufgabe verlangt gründliche Vorarbeit.

答案：1. Hans und Uta gehen spazieren.
漢斯和烏塔去散步。
2. Die Kinder lesen und schreiben.
孩子們在讀寫。
3. Sie geht ins Theater, und ihre Tochter geht ins Kino.
她去看戲，她女兒去看電影。
4. Die Aufgabe erfordert alle Kraft und verlangt gründliche Vorarbeit.
這工作要求全力以赴並做好準備工作。

請指出下列句中用專色的單詞的詞性和用法。

Das Haus ist alt, aber ganz schön.

這房子很古老，但蠻漂亮。

問題解答

用專色的單詞aber是並列連詞，表示“但是”，有對立之意，有時可在前面加wohl或在後面加 doch以強調對立程度，它連接並列成分或並列句子，aber之前要用逗號且是正語序。

舉一反三
（請用aber連接下列各句）

1. Sie ist klein und dick. Ihre jüngere Schwester ist gross und schlank.
2. Er ist sehr reich. Er ist nicht glücklich.
3. Ich habe es gehört. Ich glaube es nicht.
4. Sie kennt ihn nicht. Sie kennt seinen Bruder.

答案：1. Sie ist klein und dick, aber ihre jüngere Schwester ist gross und schlank.
她又矮又胖，但她妹妹又高又苗條。
2. Er ist sehr reich, aber nicht glücklich.
他有錢，但並不幸福。
3. Ich habe es gehört, aber ich glaube es nicht.
我聽說了這事，但我不相信。
4. Sie kennt ihn nicht, aber sie kennt seinen Bruder.
她不認識他，但認識他兄弟。

請問下列句中用專色的部分是什麼連詞。

Trinken Sie Kaffee oder Tee?

您喝咖啡還是茶？

問題解答

用專色的部分oder是並列連詞，表示選擇“還是、或者”。oder連接句子成分或句子，用正語序，使用中要注意主謂一致。

舉一反三
（請翻譯）

1. 我們是去北京還是去上海？
2. 你可以決定這樣或那樣。
3. 我們呆在家裏或是去郊外。
4. 女兒或兒子幫助父母。
5. 他喜歡看故事片還是偵探片？

答案：1. Fahren wir nach Beijing oder nach Shanghai?
2. Du kannst dich so oder so entscheiden.
3. Wir bleiben zu Hause, oder wir gehen ins Grüne.
4. Die Tochter oder der Sohn hilft den Eltern.
5. Sieht er gern Spielfilme oder Krimis?

請解釋下列句中兩個用專色的部分之間的關係。

Entweder er liest einen Roman, oder er sieht fern.

他或者看小説，或者看電視。

問題解答

兩個用專色的部分構成成對的並列連詞，連接並列成分或句子，表示“或者……或者，不是……就是”，選擇性比oder強。entweder在句中的位置較自由，但常放句首。連接句子時oder放第二句句首，前面加逗號，正語序。它們連接兩個主語時，動詞按第二個主語變位。

舉一反三
(請翻譯)

1. 不是克勞斯就是彼得有責任。
2. 他不是明天就是後天來。
3. 我們或者去散步，或者聽音樂。
4. 不是你母親就是我付錢。
5. 或者我來接你，或者你乘計程車。

答案：1. Entweder Klaus oder Peter ist daran schuld.
2. Er kommt entweder morgen oder übermorgen.
3. Wir gehen entweder spazieren, oder wir hören Musik.
4. Entweder bezahlt deine Mutter oder ich.
5. Entweder ich hole dich ab, oder du nimmst ein Taxi.

請說出下列句中兩個用專色的部分之間有何關係。

Weder der Direktor noch seine Sekretärin hat/ haben uns über die Ergebnisse informiert.

不管是經理還是他的秘書都沒告訴我們結果。

問題解答

用專色的兩個部分構成並聯連詞，連接並列成分或句子，表示雙重否定，意思是“既不……也不”，“既非……也非”。weder在句中的位置較自由，但常放句首。連接句子時noch放第二句句首，前面加逗號，反語序。它們連接兩個單數主語時，動詞用單複數均可。

舉一反三
（請翻譯）

1. 楊小姐既不會說英語，也不會說德語。
2. 我既沒給她打電話，也沒給她寫信。
3. 這事她既不知道，也沒料到。
4. 這非驢非馬。

答案：1. Frau Yang spricht weder Englisch noch Deutsch.
2. Ich habe sie weder angerufen, noch habe ich ihr geschrieben.
3. Weder hat sie es gewusst, noch hat sie es geahnt.
4. Das ist weder Fisch noch Fleisch.

請說出下列句中用專色的並列連詞的中文意思。

Er spricht sowohl Spanisch als auch Deutsch.

他既說西班牙語，也說德語。

問題解答

句中用專色的並列連詞是表示情況的雙重性，中文意思“既……又”，“不僅……而且”。它連接句子成分或並列從句，連接並列從句時，als auch前加逗號；連接兩個主語時，動詞一般用複數。它是對“weder...noch”的肯定。

舉一反三
(請翻譯)

1. 不僅父母病了，孩子們也病了。
2. 他聲稱既是個好前鋒，又會守門。
3. 這儀器既實用又漂亮。
4. 她既操心建學校的事，又操心交通改善。

答案：1. Sowohl die Eltern als auch die Kinder sind krank.
2. Er behauptet, sowohl ein guter Stürmer als auch Torwart sein zu können.
3. Dieses Gerät ist sowohl praktisch als auch hübsch.
4. Sie sorgt sowohl dafür, dass eine Schule gebaut wird, als auch dafür, dass der Verkehr verbessert wird.

請說出下列句中用專色的單詞的詞類及用法。

Die Frau geht einkaufen, denn sie hat heute Abend Besuch.

這位太太去購物，因為她今晚有客人。

問題解答

用專色的單詞denn是並列連詞，表示前句行為發生的原因，永遠位於第二句句首，用正語序。

舉一反三
（請用denn連接下列句子）

1. Ich machte Licht.
   Es war inzwischen dunkel geworden.
2. Das Arbeitsergebnis war ausgezeichnet.
   Alle Mitarbeiter haben sich sehr angestrengt.
3. Er muss zu Fuss gehen.
   Er hat kein Fahrrad.

答案：1. Ich machte Licht, denn es war inzwischen dunkel geworden.
我開燈，因為此時天黑了。
2. Das Arbeitsergebnis war ausgezeichnet, denn alle Mitarbeiter haben sich sehr angestrengt.
工作成績很好，因為大伙都努了力。
3. Er muss zu Fuss gehen, denn er hat kein Fahrrad.
他得走路去，因為他沒有單車。

請說出下列句中用專色的單詞的詞類和用法。

Nicht er, sondern sein Bruder wollte mit Ihnen sprechen.

不是他，而是他兄弟想和您談話。

問題解答

用專色的單詞sondern是並列連詞，表示相反、對立之意，它總是和否定詞nicht/ kein連用，前面要加逗號。它連接句子時用正語序。

舉一反三（請翻譯）

1. 我們不是去看電影，而是去看戲。
2. 她沒用這錢買汽車，而是去旅行了。
3. 我聽說他不來我們這兒，而是要出國去。
4. 不是她，而是你的錯。
5. 這不是練習冊，而是教師手冊。

答案：1. Wir gehen nicht ins Kino, sondern ins Theater.
2. Sie kaufte sich mit dem Geld kein Auto, sondern sie machte eine Reise.
3. Ich habe gehört, dass er nicht zu uns kommt, sondern ins Ausland fährt.
4. Nicht sie, sondern du bist daran schuld.
5. Das ist kein Arbeitsheft, sondern ein Lehrerhandbuch.

請說出下列句中用專色的連詞的中文意思。

Sie hat nicht nur Bücher, sodern auch Schallplatten gekauft.

她不僅買了書，還買了唱片。

問題解答

用專色的部分是成對並列連詞，中文意思是“不但……而且”，它連接並列成分和句子。它連接兩個主語時，動詞按第二個主語變位。

舉一反三

(請用並列連詞連接下列句子)

1. Die Flüsse sind verschmutzt.
   Die Luft ist verschmutzt.
2. Der Alte hat Sehenswürdigkeiten besucht.
   Der Alte ist auch viel durch Wälder gewandert.

答案：1. Nicht nur die Flüsse, sondern auch die Luft ist verschmutzt.
不僅是河流，而且空氣也被污染了。
2. Der Alte hat nicht nur Sehenswürdigkeiten besucht, sondern er ist auch viel durch Wälder gewandert.
這老人不僅參觀了名勝古跡，還到森林裏漫步。

請説出下列句中兩個用專色的部分之間的關係。

Unser Lehrer ist zwar streng, aber sehr beliebt.

我們的老師雖然嚴厲，但很受歡迎。

問題解答

兩個用專色的部分構成並列連詞，連接兩個對立或矛盾的事物，意思是“雖然……但是”。zwar放句首時要倒裝，aber用正語序。

舉一反三（請用“zwar... aber”連接下列句子）

1. Ihr Mann ist kein Chinese.
   Er spricht aber gut Chinesisch.
2. Die Schweiz ist klein.
   Sie spielt in der Bankpolitik eine wichtige Rolle.
3. Er ist noch jung.
   Er ist aber schon recht erfahren.

答案：1. Ihr Mann ist zwar kein Chinese, spricht aber gut Chinesisch.
您的先生雖然不是中國人，但他中文説得不錯。
2. Zwar ist die Schweiz klein, aber sie spielt in der Bankpolitik eine wichtige Rolle.
瑞士雖小，但在銀行業中起着重要作用。
3. Er ist zwar noch jung, aber er ist schon recht erfahren.
他雖然年輕，但已有相當的經驗。

請指出下列句中用專色的單詞的詞類及用法。

Wir spielen jetzt Tennis, und dann hören wir Musik.

我們現在打網球，然後聽音樂。

問題解答

用專色的單詞dann是並列連詞，它既可表示時間，也可表示結果，中文意思是“然後、那麼、這樣”，用反語序。

舉一反三

（請連詞dann連接下列各句）

1. Er strengt sich in der Schule an.
   Er kann eine Hochschule besuchen.
2. Zuerst kamen meine Eltern.
   Die anderen folgten.
3. Ich fahre ihn zum Kindergarten.
   Ich fahre zur Arbeit.

答案：1. Er strengt sich in der Schule an, dann kann er eine Hochschule besuchen.
他在學校努力就能上大學。
2. Zuerst kamen meine Eltern, dann folgten die anderen.
我父母先來，然後其他人接着就來了。
3. Ich fahre ihn zum Kindergarten, und dann fahre ich zur Arbeit.
我先開車送他去幼稚園，然後再去上班。

請說出下列句中用專色的單詞的詞類及用法。

Er will mir helfen, deshalb ist er ja gekommen.

他想幫助我，因此他來了。

問題解答

用專色的單詞deshalb是並列連詞，表示結果，可和deswegen互換，用反語序。還有兩個也表示"因此，所以"的並列連詞：darum(表示因果關係)，daher(表示對前一句行為原因的說明)。

舉一反三

1. Ich kenne sie zu gut, ________ traue ich ihr alles zu.
   我太瞭解她了，因此我相信她一切都能做到。
2. Heute regnet es, ________ ist das Volleyballspiel auf morgen verschoben.
   今天下雨，因此排球賽延期到明天。
3. Das Wetter war in diesem Sommer schlecht, ________ ist keine gute Ernte zu erwarten.
   今年夏天天氣不好，因此預計不會有好收成。
4. Sie will in England studieren, ________ lernt sie jetzt Englisch.
   她想到英國學習，因此她現在學英語。

答案：1. daher　2. darum　3. deshalb/ deswegen　4. darum

請指出下列兩句中用專色的連詞的異同。

Die Luft ist kalt und doch frisch.

空氣寒冷，但很清新。

Er rief sie, jedoch sie hörte ihn nicht.

他喊過她，但她沒聽見。

問題解答

doch和jedoch在句中都是並列連詞，意義相同，表示限制和對立，連接並列成分或句子，用正反語序均可。連接句子時，doch總在句首，jedoch位置較靈活；另外，doch可以與und，aber，oder連用，jedoch則不行。

舉一反三

1. Ich habe mehrmals angerufen, ________ sie war aber nicht zu Hause.

   我打了很多次電話，但她不在家。

2. Er hat das Buch schon lange bestellt, bekommt es ________ erst jetzt.

   他訂這本書很長時間了，但現在才得到。

3. Die Eltern gehen fort, ________ die Kinder bleiben zu Hause.

   父母走了，但孩子們呆在家裏。

答案：1. doch　2. jedoch　3. doch/ jedoch

否定詞

請說明下列句中用專色的doch是表示否定還是肯定。

Hast du sie wirklich nicht gesehen?

Doch, ich habe sie gesehen.

你真的沒看見她？

我看見她的。

問題解答

doch 在句中是對否定的問題或說法作肯定的回答。對肯定的問題進行回答，肯定用ja，而否定用nein。

舉一反三

1. Kommt sie wohl nicht mit?

   ________, sie kommt mit.

   她不一定來吧？

   不，她要來。

2. Möchten Sie diesen Pullover anprobieren?

   ________, ich möchte den anprobieren.

   您想試這件毛衣嗎？

   是的，我想試。

3. Besuchst du am Wochenende Thomas?

   ________, ich besuche ihn nicht.

   你周末去看托馬斯嗎？

   不，我不去。

答案：1. Doch　2. Ja　3. Nein

否定詞

請回答下列句中用專色的否定詞kein能否用另一個否定詞nicht來代替。

Es wird kein Sommer.

現在還不是夏天。

問題解答

能。在下列情況下，可用kein和nicht來否定：sein/ werden+名詞的第一格；在 nehmen+具有被動能力的第四格的固定短語中。

舉一反三

(請用kein和nicht互換)

1. Ihr älterer Bruder wird kein Lehrer.
   她的哥哥沒成為教師。
2. Ich bin kein Deutscher.
   我不是德國人。
3. Er hat nicht Rücksicht auf seine Frau genommen.
   他沒有考慮他的妻子。
4. Er wird keine Rache nehmen.
   他不會報復的。

答案：1. Ihr älterer Bruder wird nicht Lerhrer.
2. Ich bin nicht Deutscher.
3. Er hat keine Rücksicht auf seine Frau genommen.
4. Er wird nicht Rache nehmen.

否定詞

請指出下列句中否定詞nicht否定的是什麼成分。

Meine Tante arbeitet heute Abend nicht.

我嬸嬸今晚不工作。

問題解答

nicht否定的是謂語，也就是否定整個句子。nicht否定句子時一般放句尾，但如果謂語由兩部分以上組成，那麼nicht就放不定式、第二分詞、可分字首等的前面。

舉一反三
（請用nicht否定下列各句）

1. Das Kind steht auf.
2. Sie sind in München ausgestiegen.
3. Ich habe ihn weggehen sehen.
4. Ihr dürft hier auf der Strasse spielen.
5. Ich kenne euch.

答案：1. Das Kind steht nicht auf.
孩子不起床。
2. Sie sind in München nicht ausgestiegen.
他們在慕尼黑沒下車。
3. Ich habe ihn nicht weggehen sehen.
我沒看見他離開。
4. Auf dieser Strasse dürft ihr nicht spielen.
在這街上你們不可以玩。
5. Ich kenne euch nicht.
我不認識你們。

否定詞

請說出下列句中的nicht否定的是什麼成分。

Er ist nicht krank.

他沒有生病。

問題解答

nicht否定的是表語，即否定全句。nicht在否定係詞與表語構成的複合謂語時，放表語前。但如果句中有幾個情態小品詞如bestimmt、natürlich、sicher等，nicht就總是放在情態小品詞之後起否定全句的作用。

舉一反三

（請用nicht否定下列各句）

1. Das Theater ist dort.
2. Er kann bei dem Lärm wirklich noch arbeiten.
3. Ist sie Lehrerin?
4. Er wird heute sicher kommen.

答案：1. Das Theater ist nicht dort.
戲院不在那兒。
2. Er kann bei dem Lärm wirklich nicht arbeiten.
他在噪雜聲中真的不能工作。
3. Ist sie nicht Lehrerin?
她不是教師嗎？
4. Er wird heute sicher nicht kommen.
他今天肯定不會來了。

請回答下列句中nicht否定的是什麼成分。

Nicht alle Schüler lernen fleissig.

並非所有的學生都認真學習。

問題解答

nicht否定的是主語。如果nicht否定的是句子中的某一成分就是特指否定，此時nicht一般放被否定的成分之前。

舉一反三
(請用nicht否定下列各句)

1. Er brachte das Zimmer in Ordnung.
2. Die Aufführung endet gleich.
3. Sie tanzt gut.
4. Mein Sohn spielt Schach.
5. Ihr müsst in Berlin umsteigen.

答案：1. Er brachte das Zimmer nicht in Ordnung.
他沒把房間弄整齊。
2. Die Aufführung endet nicht gleich.
演出不會馬上結束。
3. Sie tanzt nicht gut.
她舞跳得不好。
4. Mein Sohn spielt nicht Schach.
我兒子不下棋。
5. Ihr müsst nicht in Berlin umsteigen.
你們不必在柏林轉車。

否定詞

請回答下列句中用專色的部分可不可以用一個詞來代替。

Das Buch ist nicht interessant.

這書使人不感興趣。

問題解答

可以用uninteressant來代替。有些形容詞和名詞加字首un-，具有特指否定意義。

舉一反三

1. Er hat mir ________ auf den Fuss getreten.
   他無意踩了我的腳。
2. Bitte folgen Sie mir ________!
   請悄悄跟着我！
3. Ich sitze hier ________.
   我坐這兒不舒服。
4. Ich habe den Täter ________ gesehen.
   我沒看清罪犯。
5. Was du sagst, ist heller ________.
   你說的純粹一派胡言。
6. Die äußerung hat uns ________ berührt.
   這發言使我們心裏不痛快。

答案：1. unabsichtlich 2. unauffällig 3. unbequem 4. undeutlich 5. Unsinn 6. unangenehm

否定詞

請說明下列句中用專色的字首miss-表示什麼意思。

Du hast meine Frage missverstanden.

你誤解了我的問題。

問題解答

用專色的字首miss-加在動詞、形容詞和名詞前面表示否定意義。

舉一反三

1. Ich ________ meinem Gedächtnis.
   我不相信我的記憶力。
2. Die Form steht im ________ zum Inhalt dieses Gedichtes.
   這首詩的內容和形式不相稱。
3. Der Plan ist ________.
   計劃是失敗的。
4. Sein Benehmen machte uns________.
   他的態度引起我們的懷疑。
5. Er ________ seine Macht.
   他濫用職權。
6. Die Aufführung wurde ein ________.
   這場演出不成功。

答案：1. misstraue 2. Missverhältnis 3. misslungen 4. misstrauisch
5. missbrauchte 6. Misserfolg

否定詞

請指出下列兩個句子中用專色的部分有何不同。

Die Studentin aus China kann schon gut Deutsch.

這位中國來的女大學生德語已經說得不錯了。

Der Student aus China kann noch nicht Deutsch.

這位中國來的男大學生還不會說德語。

問題解答

schon表示事情已經發生或已處於某種狀態，而noch nicht/kein 表示事情尚未發生。

舉一反三

1. Kennt ihr ________ eine Stadt in der Schweiz?
   你們已瞭解瑞士的一個城市嗎？
2. Sie geht ________ ________ in die Schule.
   她還沒上學。
3. Haben Sie ________ eine Landkarte von China?
   您已有中國地圖了嗎？
   Nein, ich habe ________ ________ Landkarte von China.
   不，我還沒有。
4. War sie ________ da, als du kamst?
   你來時，她已在那兒了嗎？
   Nein, sie war ________ ________ da.
   不，她還沒到。

答案：1. schon 2. noch nicht 3. schon, noch keine 4. schon, noch nicht

請指出下列兩句中用專色的部分的不同之處。

Wohnst du noch in Beijing?

Nein, ich wohne nicht mehr in Beijing.

你還住在北京嗎？

不，我不再住北京了。

問題解答

noch表示事情還繼續發生着，nicht/ kein mehr表示事情過去發生過，現在已不存在了。

舉一反三

1. Er kümmert sich ________ ________ um seine Frau.
   他不再關心他的妻子了。
2. Er hat ________ Freunde ________.
   他沒有朋友了。
3. In der Schule gehört er ________ ________ zu den Besten.
   在學校他不再屬於好學生了。
4. Sie möchte ________ Wasser trinken.
   她還想喝水。
5. Du bist ________ zu jung, um das zu begreifen.
   你還太年輕，沒法理解這事。

答案：1. nicht mehr　2. keine, mehr　3. nicht mehr　4. noch　5. noch

請說出下列句中的aber是什麼詞類，表示什麼。

Kann ich die Magazine gleich mitnehmen?

Aber natürlich.

我能帶這些雜誌嗎？

當然了。

問題解答

用專色的aber是情態小品詞，表示肯定，意思是“當然”或“那還用說”。aber作為情態小品詞還表示驚訝，常用在形容詞前；也用於表示警告，常用於命令句中。

舉一反三（請翻譯）

1. 你還去上班嗎？
   那還用說！
2. 我很長時間沒見你女兒了，她可真長高了。
3. 孩子們，小聲點啊，你們的父親還在睡覺。

答案：1. Gehen Sie noch zur Arbeit?
Aber selbstverständlich.
2. Ich habe deine Tochter schon lange nicht mehr gesehen. Sie ist aber gross geworden.
3. Kinder, seid bitte aber leise! Euer Vater schläft noch.

小品詞

請解釋下列句中情態小品詞denn的用法。

Seit wann ist sie denn krank?

她到底從什麼時候開始生病的？

問題解答

情態小品詞denn幾乎只用在疑問句中，表示提問者的興趣或急切的心情、不耐煩等，意思是“到底……究竟……難道……”。

舉一反三

(請把denn放入句中)

1. Was studierst du in Deutschland?
2. Peter, bist du taub?
3. Was macht sie jetzt?

   Keine Ahnung, woher soll ich das wissen.

答案：1. Was studierst du denn in Deutschland?

你到底在德國學什麼？

2. Peter, bist du denn taub?

彼得，難道你聾了不成？

3. Was macht sie denn jetzt?

Keine Ahnung, woher soll ich denn das wissen.

她現在到底在幹嗎?

不知道，我能從哪兒知道呢。

請指出下列句中的情態小品詞doch表示什麼語氣。

Lernen wir doch zusammen!

我們一起學吧！

問題解答

情態小品詞doch用在命令句中一般表示請求或建議，有時表達一種非現實的願望。doch還表示對別人意見的肯定或否定語氣。

舉一反三
（請翻譯）

1. 一定來看我一次！
2. 如果您沒忘帶護照就好了！
3. 目前這事確實很糟糕。
4. 快點！電影半小時後開演。
   等會兒，到電影院只需10分鐘。

答案：1. Besuch mich doch einmal!
2. Hätten Sie doch den Pass nicht vergessen!
3. Das ist doch im Moment sehr schlimm.
4. Mach schnell! In einer halben Stunde fängt der Film an.
Einen Moment! Zum Kino brauchen wir doch nur 10 Minuten.

請解釋下列句中用專色的情態小品詞eigentlich的用法。

Die Party ist eigentlich schön, aber die Musik ist zu laut.

晚會本來很好，但是音樂聲太大。

問題解答

情態小品詞eigentlich表示原則上，一般情況下，常和連詞aber連用。它還用在問句中表示提問者好奇、想知道；它也可表示責備或不滿。

舉一反三
（請翻譯）

1. 周末他本來想學習，但他卻去看了戲。
2. 在麗苑飯店到底能不能吃好？
   那兒的飯菜一直合我胃口。
3. 我們再等她五分鐘。
   這毫無意義！

答案：1. Am Wochenende wollte er eigentlich lernen, aber er ging ins Theater.
2. Kann man im Restaurant Liyuan eigentlich gut essen?
Mir hat es immer geschmeckt.
3. Warten wir auf sie noch fünf Minuten.
Das hat eigentlich keinen Sinn!

請說出下列句中用專色的單詞mal的詞類及用法。

Mache mal die Tür auf !

請把門打開！

問題解答

句中mal是情態小品詞，用在命令句或問句中增加感情色彩，使命令、請求變得溫和、友好。它常和其他小品詞連用。

舉一反三

（請翻譯）

1. 給我看一下您的照片吧！
2. 我能和你談談嗎？
3. 巴士什麼時候開？去問一下吧！
4. 應該幫助這老人。
5. 您不想嚐嚐北京烤鴨嗎？

答案：1. Zeigen Sie mir mal bitte Ihre Fotos!
2. Kann ich mal mit dir sprechen?
3. Wann fährt der Bus ab? Frag doch mal!
4. Man soll erst mal dem Alten helfen.
5. Wollen Sie nicht mal die Peking-Ente probieren?

小品詞

請說出下列句中用專色的單詞ja的詞類及用法。

Wir gehen doch heute in die Thomaskirche.

Ach ja! Da ist ja ein Konzert.

我們今天不是去托馬斯教堂嗎？

啊！那兒是有場音樂會。

問題解答

用專色的單詞ja在句中是情態小品詞，表示證實、確認或想起什麼已提到過的熟悉的事。ja還可表示驚訝，陳述原因、理由以及警告(只用於命令句)等。

舉一反三
(請翻譯)

1. 果真出太陽了！
2. 你網球打得真好！
3. 他不能來了，他得準備考試。
4. 什麼也別對你父母說！

答案：1. Die Sonne scheint ja!
2. Du spielst ja wirklich gut Tennis.
3. Er kann nicht kommen, er muss sich ja für die Prüfungen vorbereiten.
4. Sage ja nichts deinen Eltern!

從句

請說出下列句中用專色的部分的詞類及其引導的從句名稱。

Dass er die Zwischenprüfung bestanden hat, freut mich sehr.

他通過了中期考試令我很高興。

問題解答

用專色的部分dass是從屬連詞，引導的是主語從句。從屬連詞將主句和從句連接成主從複合句。從句中主語和謂語動詞構成框形結構。從句後置時主句中就用es作形式主語。同樣，從屬連詞ob也可引導主語從句。

舉一反三

1. Es ist schön, ________ du gekommen bist.
   你來了我很高興。
2. Es ist uns unbekannt, ________ er heute zu uns kommt.
   我們不知道他今天是否來我們這兒。
3. ________ er nicht auf meiner Geburtstagsparty ist, enttäuscht mich sehr.
   他沒有來參加我的生日晚會令我很失望。
4. ________ er morgen zu mir kommt, ist mir egal.
   他明天是否來我這兒，我並不在乎。

答案：1. dass　2. ob　3. Dass　4. Ob

請問下列句中從屬連詞dass引導什麼從句。

Ich weiss, dass ihr nach China reisen werdet.

我知道你們要到中國旅遊。

問題解答

dass在此句中引導賓語從句，作動詞wissen的賓語。從屬連詞ob同樣也可以引導賓語從句。

舉一反三
（請翻譯）

1. 他說他現在住在舒爾茨太太家裏。
2. 我不相信他在城裏買了套房子。
3. 他問他是否可以在這兒抽煙。
4. 你們或許還不知道，馬庫斯和尤莉亞下個月舉行婚禮。
5. 我不確定博物館明天是否會開門。

答案：1. Er sagte, dass er jetzt bei Frau Schulz wohnt.
2. Ich glaube nicht, dass er eine Wohung in der Stadt gekauft hat.
3. Er fragt, ob er hier rauchen darf.
4. Ihr wisst vielleicht noch nicht, dass Markus und Julia im nächsten Monat ihre Hochzeit feiern.
5. Ich bin mir nicht sicher, ob das Museum morgen offen ist.

請指出下列句中用專色的部分引導的從句名稱。

Viele Leute kümmern sich nicht darum, ob sie die anderen stören

很多人都不注意自己是否打擾了他人。

問題解答

從屬連詞ob引導的是賓語從句，作介詞um的賓語。從屬連詞dass也可以引導介詞賓語。

舉一反三

1. Die Eltern sind damit einverstanden, ________ der Sohn im Sommer nach China reist.
   父母同意這個男孩夏天去中國旅遊。
2. Wir sind stolz darauf, ________ er den Rekord im 400-Meter-Lauf gebrochen hat.
   他破了四百米跑的紀錄，我們都感到驕傲。
3. Er denkt darüber nach, ________ er seine Tochter benachrichtigen soll.
   他考慮是否應該告訴女兒這個消息。
4. Alle waren erstaunt darüber, ________ er so fliessend Deutsch sprechen konnte.
   大家都很驚奇，他能說如此流利的德語。

答案：1. dass　2. dass　3. ob　4. dass

請問下列兩句中用專色的疑問副詞引導什麼從句。

Er will wissen, wann seine Mutter zu ihm kommt.

他想知道他母親什麼時候來他這兒。

Warum der Junge von zu Hause weg ist, bleibt offen.

為什麼這個男孩離家出走還不清楚。

問題解答

疑問副詞wann引導賓語從句，warum引導主語從句。疑問副詞如wo、wohin、woher、wie、warum、wieviel、wie lange等都可以引導主語及賓語從句。

舉一反三

1. Können Sie mir sagen, ________ ich zur Uni komme?
   您能告訴我去大學怎麼走嗎？
2. Weißt du, ________ der Mantel kostet?
   你知道這件大衣值多少錢嗎？
3. Weißt du, ________ der Zug fährt?
   你知道這列火車是開往哪兒的嗎？
4. ________ er zu mir kommt, ist noch offen.
   他什麼時候來我這兒還不清楚。
5. ________ er noch hier bleibt, hat er nicht gesagt.
   他沒有說他還要在這兒呆多久。

答案：1. wie　2. wieviel　3. wohin　4. Wann　5. Wie lange

請問下列兩句中用專色的疑問代詞引導什麼從句。

Ich weiss nicht, was für eine Brille mir passt.

我不知道哪種眼鏡適合我。

Wen er zu der Party einladen will, ist noch unbekannt.

他想請誰參加晚會還不知道。

問題解答

疑問代詞was für eine引導賓語從句，wen引導主語從句。疑問代詞如：wer、was、welch-、was für ein- 等也可以引導主語及賓語從句，它們要根據其在從句中的成分變格。

舉一反三

1. Hans wusste nicht, ________ er um Hilfe bitten sollte.
   漢斯不知道他該找誰幫忙。
2. Ich frage den Lehrer, ________ Roman ich lesen soll.
   我問老師我該讀哪本小説。
3. Wichtig ist, ________ diese Arbeit am besten erledigen kann.
   重要的是，誰能把這項工作完成得最好。
4. Er fragt, ________ er jetzt tun soll.
   他問他現在該做什麼。

答案：1. wen 2. welchen 3. wer 4. was

從句

請指出下列句中從屬連詞dass引導什麼從句。

Die Hauptsache ist, dass wir Profit machen.

主要的是我們要贏利。

問題解答

從屬連詞dass引導表語從句。表語從句用來作表語，主句中的動詞只能是系動詞如：werden(成為)、sein、bleiben。從屬連詞ob及疑問詞也可以引導表語從句。

舉一反三

1. Sie wird endlich, ________ sie schon lange werden wollte, nämlich Jounalistin.
   如她所願，她終於成為了一名記者。
2. Die Frage ist, ________ wir genug Zeit für diese Aufgabe haben.
   問題是我們是否有足夠的時間做這項工作。
3. Ihr Wunsch ist, ________ sie nach der Hochzeit zusammen eine Reise machen.
   他們的願望是婚禮以後一起去旅行。
4. Meine Frage ist, ________ es hier in diesem Zimmer so heiss ist?
   我的問題是，為什麼在這間屋子這麼熱？
5. Er bleibt, ________ er schon immer war.
   他仍是老樣子。

答案：1. was 2. ob 3. dass 4. warum 5. was

請問下列句中用專色的部分是什麼詞類，引導什麼從句。

Der Mann, der gestern Abend den Vortrag hielt, ist ein Professor der Universität.

昨天晚上作報告的人是這所大學的教授。

問題解答

用專色的der是關係代詞，引導關係從句，即定語從句。被關係從句修飾的詞der Mann叫做相關詞。關係代詞的性數取決於相關詞，而它的格取決於它在從句中所作的成分。

舉一反三

1. Das sind die Schüler, ________ ich beim Lernen geholfen habe.
   這是我曾幫助過他們學習的學生。
2. Wie heisst das Mädchen, ________ letztes Jahr bei uns einen Job machte?
   那個去年在我們這兒打工的女孩叫什麼名字？
3. Ist das dein Lehrer, ________ du angesprochen hast?
   你和他攀談的那個人是不是你老師？
4. Die Studentin, ________ wir eben getroffen haben, kann gut Deutsch.
   我們剛才遇到的那個女學生德語說得很好。

答案：1. denen　2. das　3. den　4. die

請指出下列句中用專色的部分在從句中作什麼成分。

Kennst du die Journalistin, mit der du gestern gesprochen hast?

你認識你昨天和她說話的那個女記者嗎？

問題解答

關係代詞der在從句中作介詞mit的賓語。介詞放在關係代詞前。

舉一反三

1. Die Frau, ________ ________ er oft erzählt, ist seine Freundin.

   那個他經常談起的女人是他的女朋友。

2. Die Kollegen, ________ ________ er schon lange zusammenarbeitet, sind alle freundlich zu ihm.

   和他一起工作了多年的同事都對他很友好。

3. Politik ist ein Thema, ________ ________ sich viele Jugendliche nicht interessieren.

   政治是一個很多年輕人都不感興趣的話題。

4. Frank ist ein intelligenter Junge, ________ ________ seine Eltern stolz sind.

   弗蘭克是一個聰明的男孩兒，他的父母以他為榮。

答案：1. von der　2. mit denen　3. für das　4. auf den

從句

請問下列句中引導從句的關係代詞是第幾格。

Das ist Herr Klein, dessen Sohn ich gut kenne.

這就是克萊因先生，我對他的兒子很熟悉。

問題解答

dessen是關係代詞der的第二格。關係代詞第二格的形式取決於相關詞的性和數，當相關詞是陽性或中性單數時，關係代詞第二格形式為dessen；而當關係代詞是陰性或複數時，則為deren。它們沒有詞尾變化。

舉一反三

1. Da kommt die junge Frau, ________ Mutter du geholfen hast.
   你幫助過她母親的那個年輕女子過來了。
2. Er gehört zu den Autoren, ________ Bücher bei Jugendlichen sehr beliebt sind.
   他屬於年輕人很喜歡讀的那類作家。
3. Mein Freund, ________ Wagen gestohlen wurde, ist traurig..
   我那個車被偷了的朋友很傷心。
4. Die Grossmutter kümmert sich um das Kind, ________ Eltern sehr beschäftigt sind.
   祖母照顧那個父母很忙的孩子。

答案：1. deren　2. deren　3. dessen　4. dessen

從句

請問下列句中用專色的部分在從句中作什麼成分。

Das ist Herr Klein, dessen ältesten Sohn ich gut kenne.

這是克萊因先生，我很瞭解他的大兒子。

問題解答

句中用專色的部分在從句中作kennen的第四格賓語，被修飾詞Sohn在從句中的格不受關係代詞dessen的影響，所以形容詞ältest的示性示格詞尾為-en。

舉一反三

1. Der junge Mann, ________ alt________ Vater schon im Ruhestand ist, arbeitet in unserer Firma.
   這個年輕人在我們公司工作，他的父親已經退休了。
2. Das ist meine Freundin, ________ jünger________ Schwester ich beim Lernen helfe.
   這是我的朋友，我在幫助她的妹妹學習。
3. Ich rufe Hans an, ________ neu ________ Mitarbeiter ich mal schreiben will.
   我給漢斯打電話，我想給他的新合作者寫封信。

答案：1. dessen er　2. deren er　3. dessen em

從句

請問下列句中用專色的部分在從句中作什麼成分。

Das ist Herr Berger, in dessen Firma ich zur Zeit arbeite.

這是貝爾格先生，我目前在他公司工作。

問題解答

句中用專色的部分在從句中作介詞in的賓語，名詞Firma的格取決於介詞in，而不取決於關係代詞第二格dessen。

舉一反三

1. Ich rufe meine Freundin an, ________ ________ Eltern ich während meines Studiums wohnte.
   我給我朋友打電話，我上大學時在她父母家住過。
2. Da kommt Viktor, ________ ________ Freundin ich gestern erzählt habe.
   維克多來了，我昨天講過他女朋友。
3. Ich kenne die Studentin, ________ ________ neu ________ Adresse du fragst.
   我認識你詢問她新地址的那個女學生。
4. Das ist mein Neffe, ________ ________ alt ________ Wagen ich dich vom Bahnhof abholte.
   這是我侄子，我用他的舊車來車站接過你。

答案：1. bei deren 2. von dessen 3. nach deren er 4. mit dessen em

從句

請問下列句中用專色的部分引導什麼從句。

Er ist schwer krank, was mir leid tut.

他生了重病，對此我很遺憾。

問題解答

句中用專色的部分引導關係從句。關係代詞was除了能修飾不定代詞外，還可以修飾前面的整個句子。

舉一反三
（請改寫）

1. Das Kind hat die weisse Wand bemalt. Das ärgert seine Mutter sehr.
2. Mein Onkel schenkte mir ein Paar Schlittschuhe. Das freut mich sehr.
3. Das Mädchen kann perfekt Deutsch sprechen. Das wundert mich sehr.

答案：1. Das Kind hat die weisse Wand bemalt, was seine Mutter sehr ärgert.
小孩在雪白的牆上塗畫，這讓他的母親很生氣。
2. Mein Onkel schenkte mir ein Paar Schlittschuhe, was mich sehr freut.
我叔叔送了我一雙冰鞋，我很高興。
3. Das Mädchen kann perfekt Deutsch sprechen, was mich sehr wundert.
這個女孩能說極好的德語，這令我感到驚訝。

從句

請回答下列句中兩個用專色的部分有何關係。

Man kann alles erfahren, was man will.

人們想知道的都可以知道。

問題解答

alles是關係代詞was引導的關係從句的相關詞。關係代詞was常和一些相關詞連用如：vieles、etwas，無人稱代詞es、das (was放在句首時常省略) 以及作中性名詞用的形容詞最高級。

舉一反三

1. Das war ________, was ich in meiner Kindheit erlebt habe.
   這是我童年時經歷的最美好的事。
2. Er hat mir ________ erzählt, was mich interessierte.
   他給我講述了很多我感興趣的東西。
3. Ich habe ________ davon verstanden, was er gesagt hat.
   他說的我一句也沒懂。
4. Habe ich ________ gesagt, was dich ärgert?
   我說了什麼惹你生氣的話？
5. ________, was mir am schwersten fällt, ist Mathematik.
   我感到最困難的是數學。

答案：1. das Schönste　2. vieles　3. nichts　4. etwas　5. Das

請問下列句中兩個用專色的部分有何關係。

Wer die Wahl hat, (der) hat die Qual.

有選擇就有痛苦。

問題解答

der是關係代詞wer引導的關係從句的相關詞。相關詞wer是指示代詞，表示泛指某個不確定的人或人群，它要根據自己在從句中的成分變格。當從句中的關係代詞和主句中的指示代詞同格時，指示代詞可以省略。

舉一反三

1. ________ in der Prüfung den ersten Platz belegt, ________ kann sich um das Stipendium bewerben.
   誰考到了第一名，誰就可以申請獎學金。
2. ________ das sagt, ________ lügt.
   説這話的人在撒謊。
3. ________ die Arbeit erledigt hat, ________ kann nach Hause gehen.
   誰完成了工作誰就可以回家。
4. ________ diese Vase gefällt, ________ schenke ich sie.
   誰喜歡這個花瓶，我就把它送給誰。

答案：1.Wer, der　2. Wer, der　3. Wer, der　5. Wem, dem

從句

請問下列句中用專色的部分是什麼詞，引導什麼從句。

Als ich 6 Jahre alt war, kam ich in die Schule.

我六歲的時候進了小學。

問題解答

als是從屬連詞，引導的從句叫做時間狀語從句，意思是“當什麼時候”，表示過去一次性發生的行為。

舉一反三
(請翻譯)

1. 我昨天回家的時候遇見安得裏亞斯了。
2. 他在北京上大學的時候認識了這位著名的教授。
3. 他三十歲的時候取得了博士學位。
4. 尤塔慶祝生日的時候你們跳舞了嗎？
5. 您在德國的時候一定有不少經歷吧。

答案：1. Als ich gestern nach Hause ging, habe ich Andreas getroffen.
2. Als er in Beijing studierte, hat er den berühmten Professor kennengelernt.
3. Er bekam den Doktortitel, als er 30 Jahre alt war.
4. Habt ihr getanzt, als Jutta Geburtstag feierte?
5. Sie haben ja sicher viel erlebt, als Sie in Deutschland waren.

請問下列句中用專色的部分是什麼詞，引導什麼從句。

Wir reisen heim, wenn das Frühlingsfest kommt.

春節一到，我們就回家去。

問題解答

wenn是從屬連詞，引導時間狀語從句，可以表示將來一次性的動作。

舉一反三（請翻譯）

1. 假期一到，我們就外出旅遊。
2. 只要我一有他的消息，我就給你打電話。
3. 工作一完我立刻就到你那兒來。
4. 明天部長到達時，將會受到市長的歡迎。
5. 我慶祝生日的時候請你來。

答案：1. Wenn die Ferien kommen, verreisen wir .

2. Wenn ich Nachricht von ihm habe, rufe ich dich an.

3. Wenn die Arbeit fertig ist, komme ich gleich zu dir.

4. Wenn morgen der Minister ankommt, wird er vom Oberbürgermeister begrüsst.

5. Ich lade dich ein, wenn ich meinen Geburtstag feiere.

請問下列句中用專色的從屬連詞引導什麼從句。

Wenn ich die Fotos ansehe, denke ich an die schöne Reise zurück.

當我看到這些照片，就會想起那次愉快的旅遊。

問題解答

從屬連詞wenn引導時間狀語從句。wenn引導的時間狀語從句可表示現在、過去和將來重複性的動作。

舉一反三
（請翻譯）

1. 每次他來，我們就一塊做飯。
2. 每當他聽到這首歌，就會想起青年時代。
3. 我工作的時候喜歡聽音樂。
4. 過去每當我遇到他，他總是給我講他的兒子。
5. 從前她每次來我家做客都要給我們帶上一束鮮花。

答案：1. Jedesmal, wenn er zu mir kommt, kochen wir zusammen.
2. Wenn er das Lied hört, muss er an seine Jugend denken.
3. Ich höre gern Musik, wenn ich arbeite.
4. Wenn ich ihn traf, erzählte er immer von seinem Sohn.
5. Jedesmal, wenn sie zu Besuch kam, brachte sie einen Blumenstrauss mit.

從句

請問下列句中用專色的從句可用什麼介詞片語替換。

Wenn er liest, sollst du ihn nicht stören.

他看書的時候你不要打擾他。

問題解答

用專色的從句可用介詞片語“Beim Lesen”來替換。當wenn引導表示重複性的時間概念時，通常可用bei引導的介詞片語來替換。

舉一反三

1. Wenn wir spazierengehen, sprechen wir gern über etwas Interessantes.
   我們散步的時候，喜歡談一些有趣的事。
2. Wenn ich arbeite, höre ich gern Musik.
   我工作的時候喜歡聽音樂。
3. Wenn er frühstückt, hört er immer Radio.
   他吃早飯的時候總是聽收音機。
4. Wenn er das Lied hört, denkt er an seine Kindheit.
   當他聽到這首歌就會回憶起他的童年時代。

答案：1. Beim Spaziergang sprechen wir gern über etwas Interessantes.
2. Bei der Arbeit höre ich gern Musik.
3. Beim Frühstück hört er immer Radio.
4. Beim Hören dieses Liedes denkt er an seine Kindheit.

從句

請問下列兩句中用專色的從屬連詞有何區別。

Jedesmal, wenn ich wieder in meiner Heimat war, ging ich ans Meer.

我每次回到家鄉的時候都要去海邊。

Als ich letztes Jahr wieder in meiner Heimat war, ging ich ans Meer.

我去年回到家鄉的時候去了海邊。

問題解答

句中從屬連詞als和wenn都表示過去的時間，引導時間狀語從句。他們的不同之處在於：wenn表示過去多次發生的動作，而als則表示過去一次性的動作。

舉一反三

1. Jedesmal, ________ er Probleme hatte, halfen wir ihm.
   每當他有困難的時候，我們都幫助他。
2. ________ ich saubermachte, habe ich einen Kugelschreiber unter dem Schreibtisch gefunden.
   我做清潔的時候在桌下找到了一隻圓珠筆。
3. Jedesmal, ________ schönes Wetter ist, gehen wir spazieren.
   每次天氣好的時候，我們都去散步。

答案：1. wenn　2. Als　3. wenn

請說出下列句中用專色的部分引導的從句名稱。

Nachdem ich das Studium beendet hatte, arbeitete ich bei einer Zeitung.

大學畢業之後我在一家報社工作。

問題解答

從屬連詞nachdem引導時間狀語從句，意思是"在……之後"。從句的動作先於主句的動作,因此用過去完成時或現在完成時，主句的時態用過去時或現在時。

舉一反三

1. Nachdem er die Arbeit verloren ________, ________ er den ganzen Tag zu Hause.
   他失業以後就天天呆在家裏。
2. Ich ________ gleich auf, nachdem ich das Klingeln gehört ________.
   我聽到鈴聲後立刻就起來了。
3. Nachdem du nach Hause gegangen ________, ________ er zu mir.
   你回家後他到我這兒來一下。
4. Nachdem ich diesen Brief geschrieben ________, ________ ich zur Post.
   這封寫完了我就去郵局。

答案：1. hatte blieb 2. stand hatte 3. warst kam 4. hatte ging

請問下列句中用專色的部分引導什麼從句。

Bevor er abreiste, rief er seine Freundin an.

在出發以前，他給女朋友打了個電話。

問題解答

從屬連詞bevor引導時間狀語從句，意思是“在……之前”。從句和主句動詞可用同一時態。除了bevor外，還可以用ehe引導從句，這兩個詞的意義和用法相同。

舉一反三
（請翻譯）

1. 在回家之前她先去買東西。
2. 吃飯之前要洗手。
3. 開始工作之前先把桌子收拾一下。
4. 您來之前先給我打一個電話。
5. 離開之前把門鎖上。

答案：1. Sie ging einkaufen, bevor/ ehe sie nach Hause kam.
2. Man soll sich die Hände waschen, bevor/ ehe man isst.
3. Räum den Schreibtisch auf, bevor/ ehe du mit der Arbeit anfängst.
4. Rufen Sie mich mal an, bevor/ ehe Sie zu mir kommen.
5. Schliess bitte die Tür ab, bevor/ ehe du losgehst.

請問下列句中用專色的部分引導什麼從句。

Während ich in Spanien meinen Urlaub machte, ging ich oft am Strand spazieren.

我在西班牙度假期間，常常在沙灘上散步。

問題解答

從屬連詞während引導時間狀語從句，意思是“在……期間”。它引導的從句的時態一般與主句時態相同。

舉一反三
（請翻譯）

1. 他吃飯時從不說話。
2. 王先生思考問題時喜歡抽煙。
3. 我們談話的時候孩子們老是來打攪。
4. 在中國旅遊期間我們結識了很多中國朋友。
5. 她在德國上大學的時候參觀了許多博物館。

答案：1. Er spricht nie, während er isst.
2. Herr Wang raucht gern, während er nachdenkt.
3. Die Kinder störten uns immer wieder, während wir miteinander redeten.
4. Während wir in China unsere Reise machten, haben wir viele chinesische Freunde kennengelernt.
5. Sie hat viele Museen besucht, während sie in Deutschland studierte.

請指出下列句中用專色的während引導哪類從句。

Seine Frau schlief schon ein, während er noch wach lag.

他的妻子已經入睡，而他卻醒着躺在床上。

問題解答

während引導的是時間狀語從句，此處表示對比關係，意思是“而”。

舉一反三

(請替換)

1. Ich konzentrierte mich auf meine Arbeit, aber meine Schwester machte laute Musik.
2. Du gehst spazieren, aber ich muss noch für die Kinder sorgen.
3. Er lebt im Wohlstand, aber sein Bruder führt ein elendes Leben.

答案：1. Ich konzentrierte mich auf meine Arbeit, während meine Schwester laute Musik machte.
我在集中精力工作，而我妹妹卻大聲放音樂。
2. Du gehst spazieren, während ich noch für die Kinder sorgen muss.
你去散步，而我卻得照顧孩子。
3. Er lebt im Wohlstand, während sein Bruder ein elendes Leben führt.
他生活富裕，而他的兄弟卻很貧困。

請問下列句中用專色的部分是什麼詞，引導什麼從句。

Er bleibt bei seiner Mutter, bis sie wieder gesund ist.

他呆在他母親那兒，直到她恢復健康。

問題解答

句中的bis是從屬連詞，引導時間狀語從句，意思是"直到什麼時候"，表示一段時間的終結。

舉一反三

（請翻譯）

1. 你呆在家裏直到我回來。
2. 在弗朗茨去年到中國之前我和他有密切的聯繫。
3. 在他上大學之前一直住在父母家。
4. 他恢復健康還要很長一段時間。
5. 我在車站等了很久他才來。

答案：1. Bleib doch zu Hause, bis ich zurück komme.
2. Ich hatte guten Kontakt mit Franz, bis er letztes Jahr nach China flog.
3. Er wohnte bei seinen Eltern, bis er auf die Hochschule ging.
4. Es wird noch lange dauern, bis er wieder gesund ist.
5. Ich wartete lange an der Haltestelle, bis er endlich kam.

從句

請指出下列句中用專色的從屬連詞引導的從句名稱。

Seitdem ich auf dem Land wohne, geht es mir besser.

自從我住到鄉下後，我的身體好多了。

問題解答

從屬連詞seitdem引導時間狀語從句，意思是“自從某時”，表示動作雖發生在過去，但一直持續到説話的時候，該動作是一個持續性的動作。

舉一反三（請翻譯）

1. 自從他住到我的隔壁我才認識他。
2. 自從馬庫爾斯到美國學習以來，我就再也沒聽到有關他的消息。
3. 他到這家公司工作以來，一直受到同事們的高度評價。
4. 他們結婚以來一直過着幸福的生活。

答案：1. Ich kenne ihn erst, seitdem er neben mir wohnt.
2. Seitdem Markus in Amerika studiert, habe ich nichts mehr von ihm gehört.
3. Seitdem er in dieser Firma arbeitet, wird er von seinen Kollegen hoch geschätzt.
4. Sie führen ein glückliches Leben, seitdem sie verheiratet sind.

從句

請問下列句中用專色的部分是什麼詞，引導什麼從句。

Dort, wo ich arbeite, ist auch ein See.

我工作的地方有一個池塘。

問題解答

句中用專色的部分wo是關係副詞，引導定語從句，修飾名詞die Firma，表示地點，相當於介詞加關係代詞即：bei der。除了說明地點外，wo還可以表示時間。

舉一反三
（請翻譯）

1. 他坐車去慕尼黑，那兒正在舉行啤酒節。
2. 原來有一幢舊建築的地方正在建一個廣場。
3. 我能在海邊呆兩個星期，這期間我不用工作。
4. 到我站的這兒來！

答案：1. Er fährt nach München, wo jetzt das Oktoberfest stattfindet.
2. Dort, wo früher ein altes Gebäude stand, legt man jetzt einen Platz an.
3. Ich kann am Meer zwei Wochen verbringen, wo ich nicht arbeiten muss.
4. Komm hierher, wo ich jetzt stehe!

請問下列句中用專色的從屬連詞引導什麼從句。

Warum kamen Sie gestern nicht zu mir?

你昨天為什麼沒到我這兒來？

Weil ich keine Zeit hatte.

因為我沒有時間。

問題解答

從屬連詞weil引導原因狀語從句。對它提問用warum，weil引導的從句往往置於主句後。而由da來引導的原因狀語從句通常置於主句前。

舉一反三
（請替換）

1. Ich bin nicht zum Unterricht gegangen, denn ich war krank.
2. Martina will Aussenhandelskauffrau werden, denn sie interessiert sich für Wirtschaft.
3. Gehen wir nach Hause, denn es ist schon spät.

答案：1. Ich bin nicht zum Unterricht gegangen, weil/ da ich krank bin.
我沒來上課，因為我病了。
2. Martina will Aussenhandelskauffrau werden, weil/ da er sich für Wirtschaft interessiert.
馬爾荻娜想當外貿商人，因為她對經濟感興趣。
3. Gehen wir nach Hause, weil/ da es zu spät ist.
我們回家吧，因為太晚了。

請問下列句中用專色的從句能用什麼介詞片語來替換。

Weil die Miete zu hoch ist, kann ich die Wohnung nicht nehmen.

由於租金太貴，我租不起這套房子。

問題解答

用專色的從句可用介詞片語wegen der hohen Miete來替換。用weil和da引導的原因狀語從句通常可由介詞wegen引導的介詞片語來替換。

舉一反三

（請替換）

1. Weil seine Mutter krank ist, muss er zu Hause bleiben.
2. Weil es regnet, machen wir keinen Spaziergang.
3. Weil ich noch Prüfung habe, kann ich dich leider nicht begleiten.

答案：1. Wegen seiner kranken Mutter muss er zu Hause bleiben.
因為他母親病了，他得呆在家裏。
2. Wegen des Regens machen wir keinen Spaziergang.
因為下雨，我們不去散步。
3. Wegen der Prüfung kann ich dich leider nicht begleiten.
很可惜不能陪你，因為我有考試。

從句

請問下列句中用專色的從屬連詞引導什麼從句。

Der Arzt musste ihn operieren, damit er wieder gesund wird.

醫生得給他動手術，以使他恢復健康。

問題解答

從屬連詞damit引導目的狀語從句。它和um zu用法的不同之處在於：damit引導從句，從句的主語和主句主語通常不一致；而um zu 構成不定式片語，動詞不定式的主語和主句主語一致。此外damit還用於命令式中。

舉一反三
（請翻譯）

1. 為使大家聽清楚他說得很慢。
2. 為了不影響父母，他關小電視聲音。
3. 坐計程車去吧，這樣你才能趕上火車。
4. 現在去睡吧，這樣你明天六點鐘才起得來。

答案：1. Er spricht langsam, damit ihn alle verstehen.
2. Er stellt den Fernseher leise, damit seine Eltern nicht gestört werden.
3. Fahr doch mit dem Taxi, damit du den Zug noch erreichst.
4. Geh doch jetzt ins Bett, damit du morgen um 6 Uhr aufstehen kannst.

請問下列句中用專色的部分引導的什麼從句。

Wenn ich eine Karte bekomme, gehe ich gerne ins Kino.

如果我能得到一張票，我就去看電影。

問題解答

從屬連詞wenn在句中的意思是“如果”，引導的從句叫做條件從句。

舉一反三

（請翻譯）

1. 如果明天天氣好，我們就去郊遊。
2. 如果你晚上有時間，我們就一塊兒去吃飯吧。
3. 如果您要到我這兒來，我就帶您參觀我們的學校。
4. 如果屋子太貴的話，我還是寧願住在家裏。

答案：1. Wenn morgen schönes Wetter ist, machen wir einen Ausflug.
2. Gehen wir doch zusammen zum Essen, wenn du am Abend Zeit hast.
3. Wenn Sie zu mir kommen, zeige ich Ihnen unsere Hochschule.
4. Wenn das Zimmer zu teuer ist, wohne ich lieber zu Hause.

從句

請問下列句中用專色的從句可用什麼介詞片語來替換。

Wenn das Wetter schlecht ist, bleiben wir zu Hause.

如果天氣不好我們就呆在家裏。

問題解答

句中用專色的從句可用介詞片語 bei schlechtem Wetter來替換。由wenn引導的條件從句通常可用bei引導的介詞片語來替換。

舉一反三
（請替換）

1. Wenn es regnet, gehen wir nicht aus.
2. Wenn du fleissig arbeitest, kannst du viel Geld verdienen.
3. Wenn er abwesend ist, können wir nicht mit der Sitzung anfangen.

答案：1. Bei Regen gehen wir nicht aus.
如果下雨我們就不出去。
2. Bei fleissiger Arbeit kannst du viel Geld verdienen.
如果努力工作，你就會掙很多錢。
3. Bei seiner Abwesenheit können wir mit der Sitzung nicht anfangen.
他缺席，會議就不能進行。

請問下列句中用專色的從屬連詞引導什麼從句。

Solange man lebt, muss man lernen.

活到老，學到老。

問題解答

從屬連詞solange引導時間狀語從句，意思是“只要”，表示主句和從句的時間同時發生，同時結束。

舉一反三（請替換）

1. Ich möchte dich nicht stören, wenn du Besuch hast.
2. Wenn du noch Fieber hast, musst du im Bett bleiben.
3. Schlaf so lang, wie du kannst.

答案：1. Ich möchte dich nicht stören, solange du Besuch hast.
你有客人的時候我不想打攪你。
2. Solange du Fieber hast, musst du im Bett bleiben.
如果你還在發燒，就得躺在床上。
3. Schlaf, solange du kannst.
你能睡多久就睡多久。

請問下列句中用專色的從屬連詞引導什麼從句。

Obwohl es sehr stark regnete, gingen wir ohne Regenschirme aus.

雖然雨下得很大，我們還是沒帶傘就出去了。

問題解答

從屬連詞obwohl引導讓步狀語從句，表示“雖然，盡管”。引導讓步狀語從句的從屬連詞還有：obgleich、obschon或obzwar。但最常用的是obwohl.

舉一反三
(請替換)

1. Er hat viel Geld, aber ich möchte ihn nicht heiraten.
2. Es ist furchtbar heiss, aber wir arbeiten wie sonst.
3. Das Gebäude besteht schon 50 Jahre, aber es sieht neu aus.

答案：1. Obwohl er viel Geld hat, möchte ich ihn nicht heiraten.
他盡管有很多錢，但我不想嫁給他。
2. Obwohl es furchtbar heiss ist, arbeiten wir wie sonst.
天氣雖然炎熱，但我們照常工作。
3. Obwohl das Gebäude schon 50 Jahre steht, sieht es wie neu aus.
這座建築已經有五十年了，但看上去很新。

從句

請問下列句中用專色的從句可用什麼介詞片語來替換。

Obwohl das Wetter schlecht war, kam er zu mir.

盡管天氣不好，他還是到我這兒來了。

問題解答

句中用專色的從句可由介詞片語trotz des schlechten Wetters來替換。由obwohl引導的讓步狀語從句通常可以由trotz支配的介詞片語來替換。

舉一反三
（請替換）

1. Obwohl er sich bemüht hatte, ist er durchgefallen.
2. Obwohl es stark regnet, fahren wir jetzt los.
3. Obwohl sie Erfolge erzielt hat, ist sie bescheiden geblieben.

答案：1. Trotz aller Bemühungen ist er durchgefallen.
盡管他作了一切努力考試還是失敗了。
2. Trotz starken Regens fahren wir los.
盡管下着大雨我們還是現在出發。
3. Trotz ihrer Erfolge ist sie bescheiden geblieben.
盡管她取得了成就，但她仍保持謙虛。

請指出下列句中用專色的部分引導的從句類型。

Wenn ich auch selbst nicht singen kann, höre ich doch gern Musik.

盡管我本人不會唱歌，可我愛聽音樂。

問題解答

句中用專色的部分wenn...auch引導讓步狀語從句，意思是“盡管”。wenn...auch或wenn auch的結構可以用從屬連詞obwohl來代替。

舉一反三
（請替換）

1. Er hat die Prüfung gut bestanden, obwohl er nie fleissig gearbeitet hat.
2. Peter zog keinen Mantel an, obwohl es kalt war.
3. Obwohl der Roman ihr gar nicht gefiel, las sie ihn zu Ende.

答案：1. Wenn er auch nie fleissig gearbeitet hat, so hat er die Prüfung doch gut bestanden.
盡管他從不努力學習，但還是考得很好。
2. Wenn es auch kalt war, so zog Peter doch keinen Mantel an.
盡管天氣很冷，但彼得還是不穿大衣。
3. Wenn auch der Roman ihr gar nicht gefiel, las sie ihn doch zu Ende.
盡管她不喜歡這部小說，但還是把它讀完了。

請指出下列句中用專色的部分引導的從句類型。

Was die Leute auch von mir denken, ich werde es tun.

不管人們對我有什麼看法，我都要做這件事。

問題解答

句中用專色的部分was...auch屬於“疑問詞+auch/ immer/ auch immer”的結構，引導泛指的讓步狀語從句，表示現實的或假設的某個未確定的事，不管從句中的事情發生與否，都不影響主句陳述事實的發生。當此結構引導的從句位於主句之前，則動詞位於第二位。

舉一反三

1. ________ ________ kommt, er ist uns willkommen.
   不管誰來，我們都歡迎。
2. ________ ________ kommt, wir werden uns nie trennen.
   不管發生什麼，我們都不會分離。
3. ________ das Wetter morgen ________ sein wird, wir müssen fortfahren.
   不管明天天氣怎麼樣，我們都得走。
4. Du hättest nicht von zu Hause weglaufen sollen, ________ Gründe du ________ ________ hattest.
   不管有什麼理由你都不該離家出走。

答案：1. Wer auch　2. Was auch　3. Wie auch　4. welche auch immer

從句

請問下列句中用專色的部分引導什麼從句。

Im Zimmer war es so still, dass ich mich atmen hörte.

屋裏太靜了，我都能聽到自己的呼吸聲。

問題解答

句中用專色的部分引導結果狀語從句，dass和so構成的so..., dass結構，表示“這麼……以至於”。so 後面跟形容詞，表示強調。

舉一反三
（請改寫）

1. Ich bin erregt. Ich kann kaum sprechen.
2. Das Wetter ist schön. Wir alle wollen ausgehen.
3. Ich bin beschäftigt. Ich habe gar keine Zeit, fernzusehen.
4. Er war verlegen. Er wurde rot.

答案：1. Ich bin so erregt, dass ich kaum sprechen kann.
我激動得說不出話來。
2. Das Wetter ist so schön, dass wir alle ausgeheh wollen.
天氣太好了，我們都想出去。
3. Ich bin so beschäftigt, dass ich gar keine Zeit habe, fernzusehen.
我太忙了，以致於沒有時間看電視。
4. Er war so verlegen, dass er rot wurde.
他尷尬得臉都紅了。

請問下列句中用專色的部分引導什麼從句。

Er hat die Tür geschlossen, so dass die Musik seine Eltern gar nicht störte.

他關上了門，使得音樂聲沒吵着他父母。

問題解答

句中用專色的部分so dass引導結果狀語從句。這時so並沒有起強調的作用，而是和dass連用，表示事物所產生的結果。

舉一反三
（請改寫）

1. Ich hatte verschlafen. Ich kam zu spät ins Büro.
2. Das Mädchen kam abends allein nach Hause. Es hatte unterwegs Angst.
3. Er arbeitet von morgens bis abends. Er wird immer schwächer.

答案：1. Ich hatte mich verschlafen, so dass ich zu spät ins Büro kam.
我睡過了頭，以致遲到了。
2. Das Mädchen kam abends allein nach Hause, so dass es unterwegs Angst hatte.
女孩晚上一個人回家，感到害怕。
3. Er arbeitet täglich von morgens bis abends, so dass er immer schwächer wird.
他每天從早工作到晚，以致於越來越虛弱。

請指出下列兩句中用專色的部分意思上的區別。

Wenn ich auch genug Geld habe, kaufe ich das Haus nicht.
盡管我有足夠的錢，但我不買這幢房子。

Auch wenn ich genug Geld hätte, würde ich das Haus nicht kaufen.
就算我有足夠的錢，我也不會買這幢房子。

問題解答

兩句中的用專色的部分都引導讓步狀語從句，但是第一句中的wenn...auch結構表示一種現實的情況，一般用直陳式，意思是“盡管”；而第二句中的auch wenn結構則表示非現實、且現在還不充分的理由，多用第二虛擬式，它還可以用selbst wenn 替代 。

舉一反三

1. ________ ________ wir mit dem Taxi gefahren wären, hätten wir den Zug nicht mehr erreichen können.
就算我們坐計程車去也不會趕不上火車。
2. ________ wir das Taxi ________ nehmen, erreichen wir den Zug nicht.
盡管我們是坐計程車去的，但仍沒趕上火車。

答案：1. Auch, wenn　2. Wenn, auch

請指出下列句中用專色的部分引導的從句名稱。

Die Wohnung ist zu teuer, als dass ich sie mieten könnte.

這套房子太貴了，我買不起。

問題解答

句中用專色的部分引導結果狀語從句，表示“太……以至於不能……”。此從句本身帶有否定的意義，所以從句中不能再出現否定詞。從句一律後置，動詞須用第二虛擬式。

舉一反三
(請替換)

1. Er kommt so spät, dass er den Zug nicht erreichen kann.
2. Ich habe so viel zu tun, dass ich nicht mit dir einkaufen gehen kann.
3. Hier ist es so dunkel, dass man nichts sehen kann.

答案：1. Er kommt zu spät, als dass er den Zug erreichen könnte.
他來得太晚了，以致於沒有趕上火車.
2. Ich habe zu viel zu tun, als dass ich mit dir einkaufen gehen könnte.
我要做的事太多了, 不能和你一起去買東西.
3. Hier ist es zu dunkel, als dass man etwas sehen könnte.
這兒太黑了，人們什麼都看不見。

從句

請指出下列句中用專色的部分表達的意義。

Ich habe zu wenig Geld bei mir, um den Anzug kaufen zu können.

我的錢帶得太少了，買不起這套西裝。

問題解答

句中用專色的部分“zu...um zu+不定式”的結構表示“太……以至於不能……”,不定式短語的邏輯主語必須跟主句的主語一致。

舉一反三

1. Ich bin so müde, dass ich keine Kraft mehr zum Lernen habe.
2. Er war so konzentriert, dass er die Klingel nicht gehört hat.
3. Friedrich ist so erregt, dass er gar nicht einschlafen kann.

答案：1. Ich bin zu müde, um Kraft zum Lernen zu haben.
我太累了，以致於沒有力氣學習了。
2. Er war zu konzentriert, um die Klingel zu hören.
他太專心了，以致於沒有聽到鈴聲。
3. Friedrich ist zu erregt, um einschlafen zu können.
弗裏德裏希太激動了，以致於睡不着覺。

請說出下列句中用專色的從屬連詞引導的從句名稱。

Er hat mir sehr geholfen, indem er mir viele Bücher zur Verfügung gestellt hat.

他給我提供的很多書，極大的幫助了我。

問題解答

用專色的從屬連詞indem引導情況狀語從句，表示以某種方式方法來做某事。indem還可以用dadurch...dass來代替。此外indem還可以引導時間狀語從句，表示“當”。

舉一反三（請替換）

1. Dadurch, dass ich klingelte, habe ich ihn geweckt.
2. Dadurch, dass der Arzt ihn sofort operiert hat, wurde ihm das Leben gerettet.
3. Als er mich ansprach, nahm er neben mir Platz.

答案：1. Ich habe ihn geweckt, indem ich klingelte.
我按門鈴把他吵醒了。
2. Indem der Arzt ihn sofort operiert hat, wurde ihm das Leben gerettet.
醫生立刻給他動了手術，他得救了。
3. Indem er mich ansprach, nahm er neben mir Platz.
他一邊和我打招呼，一邊在我旁邊坐下來。

從句

請指出下列句中用專色的部分引導的從句名稱。

Sie ist nicht so schön, wie man sagt.

她不如人們所說的那樣漂亮。

問題解答

句中用專色的部分引導的是情況狀語從句，表比較。比較狀語從句除了可用"so..., wie"結構表示同級比較外，還可以用als引導不同級比較從句。

舉一反三

1. Er arbeitet anders ________ du gearbeitet hast.
   他不像你那樣工作。
2. Sie ist viel intelligenter, ________ ihre Schwester es im gleichen Alter war.
   她比她姐姐當時聰明得多。
3. Xiao Li kann leider nicht so gut Deutsch, ________ ihr gedacht habt.
   小李的德語可惜沒你們想的那樣好。
4. Im März ist es hier so kalt, ________ es im Januar war.
   這兒三月份和一月份一樣冷。
5. Er arbeitet so gut, ________ wir es erwartet haben.
   他工作得和我們期望的一樣好。

答案：1. als　2. als　3. wie　4. wie　5. wie

請問下列句中用專色的部分引導什麼從句。

Ich kann nichts anderes tun, als auf seinen Brief zu warten.

我除了等他的信，沒有別的辦法。

問題解答

句中用專色的部分 “als...zu+不定式” 的結構引導比較從句。當從句的邏輯主語和主句主語不一致時，用 “als dass” 引導從句。

舉一反三
（請替換）

1. Ich will nur ins Bett gehen. Ich will nichts anderes tun.
2. Ich kann nur auf meinen Plan verzichten. Es bleibt mir nichts anders übrig.
3. Er muss das Kind adoptieren. Es gibt keine bessere Lösung.

答案：1. Ich will nichts tun, als ins Bett zu gehen.
除了上床睡覺我什麼都不想幹。
2. Es bleibt mir nichts anders übrig, als auf meinen Plan zu verzichten.
除了放棄計劃我別無選擇。
3. Es gibt keine bessere Lösung, als dass er das Kind adoptiert.
除了他收養這個孩子沒有更好的解決辦法了。

請指出下列句中用專色的部分引導的從句名稱。

Der junge Mann erklärte mir den Weg zum Museum, wobei er in eine Richtung wies.

年輕人告訴我去博物館的路，他用手指了一下方向。

問題解答

句中用專色的從屬連詞wobei引導表示伴隨狀態的從句，從句的行為是伴隨主句行為而發生的。

舉一反三
（請替換）

1. Immer wenn die Freunde Magazine lesen, hören sie Musik.
2. Wir fuhren durch die Stadt. Auf der Fahrt zeigte uns der Reiseleiter einige Sehenswürdigkeiten.
3. Als er zu Mittag ass, sah er fern.

答案：1. Die Freunde lesen Magazine, wobei sie immer Musik hören.
朋友們看雜誌的時候，一邊聽着音樂。
2. Wir fuhren durch die Stadt, wobei uns der Reiseleiter einige Sehenswürdigkeiten zeigte.
我們坐車穿過城市，同時導遊帶我們參觀了幾個景點。
3. Er ass zu Mittag, wobei er fernsah.
他邊吃飯邊看電視。

請問下列句中用專色的部分引導什麼從句。

Soviel ich weiss, hat sie einen Arzt geheiratet.

據我所知，她嫁給了一個醫生。

問題解答

用專色的從屬連詞soviel引導表示限制的從句，它對主句進行限制，表示說話人的主觀判斷。引導表示限制的從句的從屬連詞還有soweit。

舉一反三
(請替換)

1. Ich habe gehört, dass das Fussballspiel schon ausverkauft ist.
2. Ich weiss, dass elternlose Kinder in diesem Kinderheim gut versorgt werden .
3. Ich kann mich erinnern, dass ich Sie letztes Jahr bei Herrn Kraus einmal gesehen habe.

答案：1. Soviel ich gehört habe, ist das Fussballspiel schon ausverkauft.
據我所知，球賽的票已經賣完了。
2. Soviel ich weiss, werden die Kinder in diesem Kinderheim gut versorgt.
據我所知，孩子們在這家孤兒院得到很好的照顧。
3. Soweit ich mich erinnern kann, habe ich Sie letztes Jahr bei Herrn Kraus einmal gesehen.
我記得我去年曾在克勞斯先生家見過您。

筆記

筆　記

CD版萬里有聲叢書

365外語學習室

這是一系列大眾化、普及型的外語學習叢書。由英、日、法、德四個語種組成，分別以單詞、短語、句子、文法分類成冊，每本書都是用日曆的形式編排，讀者既可按日學習，也可以隨意翻閱。每書配有兩張CD。

「365外語學習室」的讀者對象是有初級外語水平的學生和成年讀者。因此不收偏僻、生澀、艱深的內容。所選用的詞匯、例句、題型、句式都是從近期該國的出版物中甄選，內容貼近生活，實用性強。所有例句都是中外文對照。

天天學英語單詞
天天學英語短語
天天學英語句子
天天學英語文法

天天學法語單詞
天天學法語短語
天天學法語句子
天天學法語文法

天天學德語單詞
天天學德語句子
天天學德語文法

天天學日語單詞
天天學日語短語
天天學日語句子
天天學日語文法

萬里機構

Word **單詞** 介紹365個外語單詞，具舉一反三的作用，並衍生出相關的詞匯。

Phrase **短語** 介紹365個外語短語或句型。

Sentence **句子** 側重日常生活及交際會話，兼顧句型、詞匯及文法等。

Grammer **文法** 用問答形式編排，介紹各種常用的文法典型。